メディアワークス文庫

今日は心のおそうじ日和２
心を見せない小説家と自分がわからない私

成田名璃子

目　次

プロローグ

季節は夏の終わり、秋のはじまり。

庭に植えた朝顔は遅咲きの多花性で、今が我が世と軒のすぐ下まで蔓を伸ばしている。藍の花びらを小さな花火のようにあちこちで広げていて、とてもきれいだ。

しかし、今はその緑のカーテンをゆっくりと観賞している場合ではなかった。

「で、なぜ私の家にはこうも人が押しかけてくるのだろうな」

先生はソファに腰掛けて片方の眉を上げ、残暑の熱を顔の周りから追い払うようにうちわで扇いだ。その様子をちらりと上目遣いで盗み見て、娘さんはふわりと頬を染め、再び俯いている。

度の強そうな眼鏡。ほとんど化粧っ気のない素肌はお粉だけでも十分なほどに滑らかだが、眉毛は手つかずで、口周りには産毛が光っている。持ち込んだシルバーのスーツケースには持ち手に手編みらしい毛糸のカバーがかけられており、小脇に置かれたショルダーバッグにも毛糸製のボンボンがぶら下がっていた。

つまり、治安の良くない場所をうろついていたら、田舎から家出してきた子だとすぐに見抜かれ、お金を掏(す)られるか、最悪の場合、連れ去りにでも遭ってしまいそうな様子なのだ。

先ほどから猫のコヨーテが、ボンボンを空色の瞳に映して飛びかかろうとするのを必死で押さえているため、居間から立ち去りたくてもなかなか去れない、というのは建前で、事の成り行きに対する興味から、私はこの場所に居座っているのだった。

からん。三十分ほど前、娘さんの前に置いたグラスの氷が音を立てた。

「突然、すみませんでした。でも私、小説家として名を成すまでは、家に帰らないって決めだんです」

お国訛(くになま)りの言葉で一方的に言いつのる娘さんの切羽詰まった表情を見ていると、一年前の自分が思い出される。

離婚して、子連れで実家に出戻ったのはいいものの、すでに私達親子の居場所はほぼなかった。実家は両親と同居する兄一家とで二世帯住宅へと建替えの計画があったし、両親、特に母親は世間体を気にして私が近所に出歩くのを嫌がっていた。かといって、離婚した元夫と暮らしたマンションへ戻る気にもなれず、追い詰められた私は、通いの家政婦として勤めていた先生のもとへと、この娘さんのように押しかけたのだ。

今思い返すと、すごいことをしでかしたものだが、あの時はそれしか方法がないような気になっていた。だから、きっと同じなのだ、彼女も。

同情を込めて娘さんの横顔を見た瞬間、コヨーテを押さえていた手が緩んだ。

「あ、コヨーテ、待ちなさい！」

叫んだが、もうコヨーテは娘さんのボンボンにじゃれつき始めてしまっている。

「あ、いえ、猫好きなので大丈夫です」

ちりりりりん、と風鈴が乱暴に前後し、強い風が吹き付けてきた。

庭の土から立ち上る湿った香り。

雨だ、と立ち上がったのと同時に、飛沫（しぶき）を伴う豪雨が降り注いだ。

「何だか、先生の家は、庭の集中豪雨もおしゃれですねえ」

娘さんが感心したように放った一声に、先生がぷっと吹き出し、慌てて強面（こわもて）をつくり直す。

いずれノーベル文学賞を獲得しようかという渋い、端整な面差しの文豪、というのが世間一般から見た先生、山丘周三郎（やまおかしゅうざぶろう）その人だ。滅多に笑わず、極端に口数の少ない、メディア泣かせの人物ということになっているが、家政婦としての私から見た先生は少し違う。

たまに大口をあけて笑うし、まだボンボンとじゃれている猫のコヨーテにはすこぶる弱い。住み込み家政婦である私の娘、美空にも同じくらい、ひょっとしたらコヨーテ以上に弱く、実に細やかな心配りをしてくれる。

そう、先生は優しいのだ。

この家に家政婦としての面接に来る前、三人の家政婦が次々と辞めていったと聞いていた。おまけに小説家だと知って、へそ曲がりの、扱いづらい相手を想像していたし、実際、皮肉に口元を歪めて話す先生は、絵に描いたような気難しい小説家の先生そのものだった。当時、この家は汚れきったゴミ屋敷で、家族を失って頽廃した先生の心の中が具現化したような状態でもあったから、印象はあれ以上悪くなりようがないほどだった。

しかし、そんな状態でも先生は、奥様である柚子さんや愛娘の香乃ちゃんのために花だけは欠かさずお仏壇に上げていたし、実家に居づらくなってこの家にスーツケースで押しかけた私と美空をむげに追い返すこともしなかった。

だから今朝、大きなスーツケースを抱えて玄関の前に立っていたこの娘さんを、取りあえず家に上げて話を聞くことにしたのも、先生にとっては当然の行いなのだろう。

慌てて庭に面した窓を閉めて回りながら、先生と娘さんの会話に耳を澄ませる。

「それで、どんな小説を書いている？」

「幻想文学です。日常と非日常のあわいに存在する世界の情景を文字にしたいって思ってます」

「なるほど。幻想文学なら、泉(いずみ)先生や夏目(なつめ)君が適任だろう。なぜ私のところに？」

「私は先生の『少年幻想』を読んで、文学を志したんです。だから、弟子にしていただくなら絶対に先生だと決めでだんです」

雨の音に打ち勝って、熱のこもった声が居間いっぱいに響く。

「名前は？」

「片瀬結菜(かたせゆいな)です。どうか、私を先生のそばに置いてください」

「片瀬結菜――？」

先生は、少し考える仕草をしたが、やがてきっぱりと告げた。

「あいにくだが、弟子は取らない主義だ。テクニックだけなら巷(ちまた)のハウトゥ本に優れたものがある。だが、小説は一人で書き上げるものだし、一番大事なものは、誰にも教えてやれない。私のそばにいても、何も盗めないぞ。そんな暇があったら、家に帰って一文字でも多く書きなさい、片瀬君」

「あの、できれば下の名前で呼んでいただけませんが。あまり、名字が好きではないので」

「では結菜君、うちはご覧の通り、さほど広い家ではない。しかし、今日はこの天気だ。

遠い田舎から出てきたということだし、泊まっていくことは構わないが、明日には家に帰るように。くどいようだが、私のところにいても、君の書き物には何ら得るものはないだろう」

「そうですか。弟子はとってないんですか」

肩をがっくりと落とした結菜さんを困ったように見下ろしたあと、先生は私の名を呼んだ。

「この人は平沢涼子（ひらさわりょうこ）君。うちの家政婦をしてもらっている。平沢君、済まないが、彼女のために一部屋用意してやってくれないか。どうせ来客ならここへ通してしまうから、応接間に泊まってもらおう。少し片付ければ布団を敷くことはできるだろう？」

「わかりました。それじゃ結菜さん、こちらへどうぞ」

案内しようとしたが、結菜さんはソファを立ち上がろうとせず、俯いていた顔を上げた。そのまま瞳を潤ませ、先生を見つめている。

「ありがとうございます。私、一日だけでも、山丘先生のお宅にお邪魔できるなんて感激です。このご恩は、一生忘れません」

「大げさな」

先生は仏頂面のまま腕組みをして席を立ったが、その時、小鼻がほんの少し膨らんだのを私は見逃さなかった。

「わあ、こんな素敵なお部屋に泊めでいただけるんですか？」

「猫のコヨーテもお気に入りの部屋なんですよ。今はちょうど、庭の萩も見えますし」

狭いといっても、庭に向けて大きく取ってある格子窓のおかげか、開放的で明るい場所だ。

そう言えば、この家に家政婦としての面接に訪れた日、家の中で唯一片付いていたこの応接間で先生と初めて対面したのだが、今ではよく、美空が本を読んだり、コヨーテと一緒に応接ソファでうたた寝をしている。この家で流れる時間はずいぶん穏やかなものになったと、人知れず感慨に浸ってしまった。

「このソファはどかして、あとでここにお布団をお持ちしますので。それから、タオルやシャンプー類はありますか？」

「いえ、それが、慌てて出て来たので全部家に忘れてきてしまったみたいで」

恐縮する結菜さんを連れて、一通り家の中を案内した。

「ここは先生のお仕事部屋で、すぐ隣が寝室です。お仕事部屋は私も滅多に掃除させてもらえないので、今はどういう状態なのかわかりませんが」

最後に何とか押し入ったのが先月の初めだったから、すでに資料や本の山脈が築かれているかもしれない。それでも結菜さんは、聖地でも目の当たりにしたように、両手を胸の前で組み、ただの引き戸をうっとりと見つめている。

「ここで先生は、次の傑作を書かれているんですね」

「あ、はい。そうみたいですね」

先生に熱狂的なファンがいるというのは知識としてはあったが、担当編集の川谷さん以外で目の当たりにするのは初めてだ。なるほど、こういう感じなのかとしばし見入ってしまった。

私が知っている先生は、少なくとも両手を組んで目に星を瞬かせてしまうような存在ではなく、ただの先生だ。頭のあちこちにぴょんと寝癖を跳ねさせたまま朝ごはんを食べるし、物語世界に没入していると何もない廊下で躓いたりする。甘い物が好きなくせにお酒も存分に嗜むから、お腹が出てきたと言って、毎朝行っている太極拳を少しハードにしてぎっくり腰になったこともある。

「あと、こっちがお台所です。まだ暑いですから、麦茶やレモン水をいつでも飲めるように、台所のテーブルの上に出しておきますから、いつでも飲んでください。あ、珈琲やお茶なんかも、このお部屋で好きに飲めるように、ポットと一緒にお持ちしておきますね」

伝え忘れていることがないか考えていると、結菜さんが廊下の途中で立ち止まった。

「あの、涼子さんは、先生のご親戚か何かなんですか？　私、エッセイで住み込みの家政婦さんがいるってことは知ってたんですけど、てっきりもっとお歳を召した方だと」

「親戚ではないんですが、偶然、父と先生の妹さんが知り合いで、そのご縁で家政婦になったんです」

「はああ、そういうことなんですね。男女の仲って雰囲気でもなかったし、不思議だったんです」

結菜さんの声にぎょっとして、首を大きく左右に振った。

「まさか、とんでもない。私はただの家政婦です」

「ですよねえ。先生の奥様って、すごおく美しい方だったし」

——ん？

どういう意図で発せられた言葉なのか上手く汲み取れず、無防備な顔を晒してしまった。結菜さんがぽんと手を小さく叩いて告げる。

「あ、そう言えば化粧水とかも、貸していただくことってできますか？　それも忘れてきちゃったみたいで」

「あ、はい、もちろん。乳液と美容液も必要ですよね？」

「んんと、涼子さんが使っているタイプだと、多分、化粧水だけで大丈夫です。時々、実家の母からも借りるんですけど、二十歳くらいの肌だと、おばさん達が使う乳液って油分が多過ぎで逆に荒れでしまって」

んんんんん?

立ち尽くす私をよそに、結菜さんは尋ねてきた。

「この辺りで、文房具も扱う書店ってありますか?」

「あ、ああ、それなら最寄りの駅前にありますけど」

地図を書いて手渡すと、結菜さんは意気揚々と出掛ける準備をはじめた。何でも、先生を尊敬するあまり、未だに原稿は手書きなのだそうだ。

「せっかくのチャンスなので、せめて、掌編でも仕上げて読んでいただけたらと思って」

お財布をペンダントのようにぶら下げ、丁寧に洋服の下に入れながら、結菜さんが微笑む。

「あの、この辺、治安はいいですから、普通にバッグに入れても大丈夫だと思いますよ」

「そうですか? それじゃ」

手提げのトートは手作りだそうで、やはり持ち手にボンボンがぶら下がっている。

結菜さんを送って玄関先まで出たところで、雨をものともせず、元気のいい子鹿のように弾んだ足取りでやってくる我が子の姿が目に飛び込んできた。

「ただいまあ、ママ!」

「お帰り、美空。お客様よ。きちんとご挨拶して」

「え？　あ、ごめんなさい。私、平沢美空です。こんにちは」

「こんにちは。私は片瀬結菜です。結菜ちゃんって呼んでね」

「今日、先生のおうちに泊まっていただくから、失礼のないようにね」

美空は無邪気に喜んで、「はい！　よろしくね、結菜ちゃん」と元気よく手を振り、出迎えに出たコヨーテとともに先生の執筆部屋へと廊下を駆けていった。

「まったくもう、走らないで！」

注意したものの、どうしても厳しい声にはならない。美空のお転婆な振る舞いをどこかで嬉しいと思っている自分もいるのだ。

美空は、十歳という歳の割に、こちらが感心するほど大人びた発言や振る舞いをすることがあって、それは私が離婚したことによってもたらされた歪な成長ではないかと後ろめたくなることもあるから。

もっとも、大人のほうがはっとするような本質をついた美空の発言を、先生はかなり面白がってくれている。それも、先生が美空には甘い理由の一つだと思う。

「あの子って、涼子さんのお子さんですよね。あんな大きい子がいるのに、涼子さんって若く見えますねえ。もしかして、本当は三十五歳くらいなんですか？」

「あははは」

三十四歳ですけどね。

結菜さんを見送ったあと、知らずにため息をつき、お手洗いの窓を閉め忘れていたことに気がついた。

今日の湿度は八十八パーセント。

この荒天は、なぜか長引きそうな予感がした。

第一章　嵐を呼ぶ弟子

季節の変わり目は、雨を伴う。

萎(しお)れた朝顔の花がらを摘み、昨日の雨でまだ濡(ぬ)れそぼっているりんどうの花をお仏壇に供えてから、朝食の準備に取りかかった。

最初に起きてきたのは美空で、すでに身繕いを終えており、お皿まで出してくれた。この一年でずいぶんとお姉さんになったなあと驚かされる。

「先生も起こしてこようか？」

「うん、そうしてもらえる？」

先生の眠る寝室の戸は、私にとってはぶ厚い壁だが、美空とコヨーテにとっては何の意味も成さないただの戸だ。美空が台所を出ようとしたところで、唐突に張り切った声が響いた。

「先生を起こすのは弟子の私がやります！　行って来ます！」

結菜さんだ。

「あ、おはようございます、結菜さん」

眼鏡の縁がきらりと光ったかと思うと、挨拶への返事もなく、張り切った足音が遠ざかっていく。

「結菜ちゃんって、ちょっと変わってるよね？」

「しい！」

唇の前に人差し指を立てて美空をたしなめたのと同時に、廊下の向こうから「うわ！」という声が聞こえてきた。

「先生、朝です。おはようございます！」

「なんだ、君は⁉　人の寝室にずかずかと」

大丈夫、なんだろうか？　昨日帰るはずだった結菜さんは、なぜか翌々日の今日も家にいて、昨日は先生の背中を流すといってお風呂場にまで突進して皆を慌てさせ、今日は寝室に侵蝕（しんしょく）、ではなくて侵入、でもなくて、入っていった。

「私、助けに行ってくるね。結菜ちゃんのこと」

「え、先生じゃなくて⁉」

「うん。だって、先生、寝起きはものすごく機嫌が悪いから、結菜ちゃん怯（おび）えてると思ちゃうんだよねえ」

「ああ、そう。うん、お願いするね」

どうやら結菜さんは、美空の心を摑んだようだ。少なからずペースを乱されているはずの先生も何だかんだと彼女を家に置いておくのは、もしかして美空と同じで何とかしてあげたくなったのかもしれない。

そうこうしているうちに四人がテーブルに揃い、朝食をいただいた。

今日のメニューは、ほうれん草入りの卵焼きとミニサラダ、なめことオクラと菊の和え物、それにしめじのお味噌汁、白米。

実は先生は、美空と同じであまり葉物野菜を積極的に食べないということがわかってからは、あの手この手で別の食べ物の中に入れ込んでいる。美空は卵焼きを疑わしげにひっくり返して眺めているが、先生は素直に口に放り込んで気づいてもいない様子だ。

結菜さんがぱくぱくと食べ進み、さっと手を挙げた。

「どうしました？」

「はい。昨日の鮭の西京焼きも美味しがったですけど、今日のもどれも美味しくて。ごはん、お代わりしてもいいでしょうが？」

「はい、もちろん」

先生や美空はお代わりをする人種ではないから、結菜さんの食べっぷりが気持ちいい。二杯目も、たっぷりよそって差し出した。

「ありがとうございます」

ぱくぱくと食べ進む姿を思わず眺めてしまう。確かに、見飽きないし、何とかしてあげたくなって——しまわなくもない、のかな。

結菜さんが二杯目を食べている間に、美空はすでに歯磨きを終え、ランドセルを背負った。

「じゃあママ、先生、行ってきまあす」

「はい。車に気をつけてね。今日も楽しんできて」

「うん！　もっちろん」

身を翻して玄関戸を開けようとする美空を、私と一緒に送りに出た先生が、珍しく引き留めた。

「美空君、大丈夫か？」

突然の問いかけに、美空がきょとんと小首を傾げてみせたあと、ぷっと吹き出す。

「変な先生。大丈夫に決まってるでしょう？　先生こそ、締め切り大丈夫なの？」

「さては、川谷君に買収されたな？」

一歩後ずさった先生を尻目に、美空は元気よく飛び出していった。

先生はこれから太極拳で、私は掃除に洗濯、買い出しに家事教室の準備がある。月に二度ほど、この家の台所を借りて、主にご近所の生徒さん達を相手に私が蓄積してきた家事ノウハウを教えているのだ。

ぼんやりしていたら、あっという間に夕方になってしまいそうだった。

いそいそと台所へ戻ると、お皿が割れる派手な音が耳を貫いた。

「結菜さん⁉」

「す、すみません。割れじゃいました」

「そんなことより、指、切れてないですか？」

駆け寄ると、美空のお気に入りの皿がぱっくりと二つに割れている。

「ああ」声を抑えられずに、呻(うめ)いてしまった。

とりあえず、台所にも置くことにした薬箱を取り出し、少し切れたらしい結菜さんの人差し指を消毒する。

「どうした、大きな音が聞こえたが」

太極拳を中断した先生が顔を覗(のぞ)かせ、結菜さんの微(かす)かな血を見て後ずさった。

「先生は見ないほうがいいですよ。もう大丈夫ですから」

一人で手早く破片を処理しようとしたが、絆創膏を貼るやいなや、結菜さんが自分で片付けると言って譲らなくなった。

「あの、それじゃ、いっしょに片付けますか？」

「すみません、お願いします！」

張り切る結菜さんには再び台所に戻ってもらい、大きな破片二つを拾ってもらうことにした。しかし、おっかなびっくりでなかなか進まず、結局、私がすべて引き受けてややせっかちに片付けを終えた。その間、結菜さんはといえば、ただおろおろと見おろしていただけ。それはいい。かえって効率良くできた。問題はそのあとだ。

「あの、涼子さん」

立ち上がった私を、結菜さんが上目遣いで見つめてきた。

「涼子さん、そんなに毎日、掃除ばっかりして楽しいんですか？　家事だって毎日毎日、同じことの繰り返しで」

このタイミングであまりにも不躾な質問に、さすがに尖った口調になった。

「そりゃ、だって、それが仕事ですし。何より、家事が好きなんですよ。暮らしを整えると、気持ちが整うんです」

「そういうものですか？」

「そういうものです。結菜さんも、物を丁寧に扱えるようになったらわかりますよ」

早口で告げてしまってから、はっと唇を噛んだ。

「すみません、もう割らないように気をつけますから。ほんとにごめんなさい！」

お皿を割った時より動揺した様子で、結菜さんが早足で立ち去っていく。入れ違いで、まだそばに控えていたらしい先生が顔を覗かせた。

「どうした、今のは少しらしくないんじゃないのか？」

「――すみません」

「あとでフォローしておいたほうがいい」

おそらく腑に落ちない表情のままで突っ立っていた私を置いて、先生は太極拳のつづきへと戻っていく。

結局、私がフォローするんですか？

シンクに戻ると、洗剤の泡まみれになってぱっくりと割れてしまった美空のお皿が訴えてくる。

〝泡、つけすぎですよね？　こんなに泡をつけなければ、私はあの方の手から滑り落ちることもなく、真っ二つに割れずに済んだのではないでしょうか〟

もう一つの欠片は涙声だ。

〝さようなら、今までお世話になりました。美空ちゃんが初めて私で食べてくれた日のことを忘れません。お引っ越しでも絶対に連れていくとおっしゃってくれた日の何と誇らしかったことか。さよなら、ありがとう、いつまでも美空ちゃんを愛しています〟

美空の成長とともにあった、想い出のお皿だったのに。

それでも釈然としない思いを抱えながら、二つになってしまったお皿の泡をきれいに落とし、そっと水切りの上に置いた。割烹着（かっぽうぎ）の裾で、こっそり目を拭う。

他人にはただのお皿かもしれないが、美空を赤ちゃんの頃からお世話してくれたお皿だったのだ。

それでも先生に責められなければ、言われなくても再びフォローに出向いて丸く収まったかもしれないのに。こんなに気分が晴れないのは、先生の駄目押しがあったからだ。そうだ、悪いのは先生だ。先生の馬鹿やろう。もう一度、目の辺りを拭っていると、背後で咳払（せきばら）いが聞こえた。

「さっきは言い過ぎた。金継ぎという方法があるぞ」

この顔を見られたくなくて、振り向けない。かといってじっと俯いたままなのも不自然だから、「はい、以前やったことがあるので、また挑戦してみますね」と明るい声で答える。

「美空君には、私が割ったことにしておきなさい」

こんな時だけいい大人ぶって、私、などと先生は言う。

美空は結菜さんが割ったと知ったら、責めずに笑って許してしまうだろう。だが、相手が先生ならば、子供らしくむくれてみせるに違いない。先生はそれをわかっているのだ。

もちろん、純粋に結菜さんをかばう気持ちもあるとは思うが。

本当に先生は優しい。誰にでも。

結菜さんが突然チャイムを押して玄関先に現れた時も、「雨だから入ってもらいなさい」と、用心もせずに招き入れてしまった。

あの時、私はどんな顔をしていただろう。

去っていく先生の足音が、応接間へと向かっていく。

今日も結菜さんは泊まるのだろうか。

割れたお皿に入る金継ぎの筋を想像しながら、ぼんやりと思った。

＊

「おはようございます！　今日は朝ごはんづくりからお手伝いさせてください」

張り切った声に、びくっと肩が震えた。おそるおそる振り返ると、台所の入り口には、結菜さんが充血した目をして立っている。

「あの、まだ早いですから、もう少し寝ていたほうが」

「いえ、一宿どころか三宿もしているのに、何もかもやっていただくばかりですし。ご恩返しをさせてください。まだ二十二なので、体力もありますし」

今、少し鼻白んだ顔になってしまわなかったか、ちょっと自信がない。一方の相手は、自分は役に立つと信じて疑わない様子で目の前に立っている。

お皿はもう割られたくないし、何とか無難にこなせる用事といえば、美空にもできることくらいだ。

「それじゃあ、お箸とか、お醤油なんかを出してもらっていいですか？」

「はい！　わがりました」

これなら、割れ物は出ないはずだ。醤油差しやのりをひとまとめにしてあるトレーは、美空でも出し入れしやすいように深めになっているから、よほど派手に転ばなければ大丈夫だろう。

しかし、悲惨な音が早朝の山丘邸に響き渡るまで、ほんの数秒だった。

がしゃあああん！　という音につづいて、コクのあるお醤油の香りが広がり、スリッパや靴下に点々と落ちづらそうなあとがついた。

「す、すみません！　きれいなお醤油差しだなって手に取ったら滑ってしまって」

「い、いいえ。とにかく、一旦ここを離れて、着替えてきたほうがいいですよ。染みにならないようにすぐお洗濯しますから。あ、欠片、踏まないように気をつけて。それと、これも私が割ったことにしますから、口裏を合わせてください」

これも、と言ったのは、昨日の美空のお皿は、まさか本気で先生のせいにするわけにもいかず、私が割ったことにしたからだ。美空は、最初こそむくれていたものの、最近はまっている編み込みリボンの紐(ひも)を新しく買うことで何とか気持ちをおさめてくれたようだ。

「でも——」

「これ、先生が大事にされていたものなので、そうしたほうがいいと思うんです」

多分、昨日先生に非難されたせいで、少し意地になって結菜さんをかばっている。泣きべそをかく彼女をそっと台所の外へと出した。

今度の犠牲者は、江戸切り子の美しい醬油差しだった。海を切り取ってきたような碧(みどり)で、先生の大のお気に入りだった。おそらく、奥様との思い出が詰まっていたものだったのに。

八方に飛散してしまった欠片を慎重に拾い集めながら、ため息をつく。

「今度は何が壊れたんだ?」

先生が出入り口に姿を見せた。今の音で、目が覚めてしまったらしい。美空も階段から駆け下りてくる。

「すみません、先生が大切にされていたお醬油差しを割ってしまって。ほんとにごめんなさい!」

先生は何も答えず、欠片の一つを無言で拾い上げ、食い入るように見つめた。まるで手の中の欠片に、想い出の場面が次々と流れているみたいに。

「ママ、また割っちゃったんだ。どうしたの？　何だか変だよ」

美空のほうは、私が二日連続で何かを割ったことなどおそらく記憶にないだろうから、心配げな顔で見つめてくる。

「ごめんね、最近、少しぼうっとしちゃってるのかな。あ、そこ、気をつけて。まだ細かな破片が飛んでるかもしれないから」

手早く破片を拾い集めて、お醤油を雑巾で吸い取る。キッチンマットは使わない主義だから、まだ被害が少なくて済んだが、あのお醤油差しは元に戻らない。

先生のほうをまともに見られず、黙々と片付けていった。

「もう気にするな。形あるものはいつか壊れる」

「でも、あれは奥様との想い出の品でしたよね」

「想い出さえも形を変える。だから、もういいんだ」

先生はそう言って、テーブルに座ると、「腹が減った」と腕組みをした。

「美空も！」

慰めるつもりが慰められてしまい、慌てて朝ごはんの準備をつづける。

「あのう、おはようございます」

「おはよう、結菜ちゃん。今日も美空の隣に座ってよね」

「うん、ありがとう」

結菜さんは、お醤油のついた服を着替え、Tシャツにジーンズ姿でやってきた。匂いが気になるのか、鼻を微かにひくつかせている。

「ああ、醤油の匂いだ。そのうち消える。気にするな」

「あの、お醤油差しが——」

「今日から新しいものに変わる」

何も言わないように結菜さんに目配せし、手早く朝ごはんをテーブルに並べた。美空がごはんやお味噌汁をよそってくれる。

「今日はハムですか」

「ええ、自家製でつくってみたんです。最近、ようやく味がいい加減につけられるようになったんですよ」

ささみにハーブ類や塩こしょう、マーマレードで下味をつけてから湯煎したハムは、歯ごたえがあって優しい味わいだ。お麩とねぎのお味噌汁、サラダ、ふっくらと炊けたごはんには昨日、ストック用に煮詰めたなめたけを添える。

皆が美味しそうに食べる姿を見るのが好きだ。片付いた気持ちのいい部屋で寝そべってくれると嬉しい。さざ波も立たないような穏やかさが家の中に満ちていると、大げさでなく生まれてきた喜びに包まれる。

美空が昨日と同じように元気よく学校に向かい、先生は太極拳をはじめ、結菜さんは執筆修行のために部屋に籠もった。

ようやく一人で家事を進められることにほっとしつつ、結菜さんの部屋を訪れた。

「今、少しいいですか？」

部屋をノックして呼び掛ける。

「お洗濯物、お醤油が落ちなくなっちゃうのでよかったら出してください」

カチャリとノブが回り、結菜さんがうちしおれた様子で顔を出した。

「そごまでご迷惑をかけられないです。お醤油差しまで割ってしまって、結局、涼子さんのせいにしてしまって」

「いいえ、そんなこと気にしないでください」

というか、大人しくしていてくれるのが一番嬉しいのだとはさすがに言えずにいると、結菜さんの顔が不穏に輝きだした。

「そうだ！　先生の洗濯物、私が洗います。それなら、涼子さんの負担も少しは減りますよね。考えてみれば、弟子が師匠のお洗濯をするのはむしろ定番のご奉公ですし」

眼前に、どうやってか洗濯機が壊れ、脱衣所が泡だらけになっている映像が展開されていく。失礼ながら、結菜さんならあり得る未来だった。

「あの、あのね、結菜さん。結菜さんがこの家にいるのは、小説を上手くするためで、ご奉公のためではないですよね。家事は私がやるので、結菜さんは執筆に打ち込んでください。ね？」

　というか、それこそ、みんなのためなんです、というつづきをぐっと飲み込んで、まだためらっている結菜さんから洗濯物をひったくるようにして受け取ると、脱衣所へと駆け込んだ。扉を閉め切って、深いため息とともにしゃがみ込む。

「先生、結菜さんは、いつまでいるんでしょう？」

　決して先生の前では口に出せない疑問を、多分、蟻の独り言より小さな声で囁き、自分は狭量なのだろうかと落ち込んだ。

　こういう時こそ家事だと思い定め、お醤油の染み抜きに専心することにした。まずはタオルに水をつけ、軽く結菜さんのコットンパンツを叩いてみる。幸いにも色落ちはしないようだから、食器洗い用の中性洗剤を直接かけてしばらく浸けておく。汚れが分解されて浮いてくるのを待つ間、浴槽の床をブラシで磨き、壁のパネル材も掃除することにした。

　私がお風呂掃除に愛用しているのは毛足が長い洗車ブラシだ。このブラシを中性洗剤を溶かした水に浸け、一面ずつ洗剤を湿布するイメージでこすっていく。少し置いたら、あとは乾く前に水拭きするだけ。シャワーで流してもいいが、その場合はから拭きする。

　細かな飛沫のあとが点々とついていた壁のパネルが、どの角度から見てもぴかあっと光っていくのを見るにつれ、心の曇りもだんだん晴れていった。

好きです、掃除。堪えきれずに、にたあっと笑っていると、咳払いが聞こえた。

ばっと振り返ると、少し気味の悪そうな顔で若い男性がお風呂場の入り口に立っている。

先生の担当編集者で、大手出版社、角山書店の川谷さんだった。

彼は先生の著書に救われたことがあるという先生の熱烈な信奉者で、失意のどん底でゴミ屋敷に引きこもっていた先生に、再びペンを握らせた立役者でもある。先生はどうやら川谷さんの私に対する気持ちに誤解があるようだが、川谷さんが何より大切に思っているのは先生だ。原稿はもちろんのこと、先生その人に対する敬愛の情が、人によっては暑苦しいと感じるであろうほど濃厚なのだ。

「か、川谷さん、いつ来たんですか?」

「あ、傷つくなあ、その言い方。きちんとチャイムを鳴らしたんですけどね。知らない女性が出てきて驚きましたよ。お茶を淹れてくれるって台所に入っていきましたけど、あの人誰です?」

「台所って、嘘――」

嫌な予感しかしない。直後、朝に聞いたのと同じような何かの破壊音が響き渡って、思わずおでこに手の平を当てた。

「わ、何の音だろう⁉」

慌てる川谷さんに居間で待っているように告げ、私は台所へと駆けた。

三つ目の犠牲は、来客用の湯飲み茶碗だった。手早く片付けて淹れ直し、居間へと持っていくと、川谷さんの興味津々の声が聞こえてくる。

「いやあ、羨ましいなあ、先生のお弟子さんなんて。僕も弟子入りしたいくらいですよ」

弟子じゃない、先生は弟子を取らないって明言してましたから！

立ち聞きしながら、無言で訂正した。

「それじゃ、川谷さんも書いでるんですか？　編集者でのちのち小説家に転身する方、珍しくないですもんねえ」

「いやいや、とんでもない。僕は大学生の時に文芸サークルにいたんですが、その時に才能がないってはっきりわかったんです。それでもどうしても文芸に携わっていたくて、編集の道に進んだんですよ」

「文芸を志すそのお気持ち、よおぐわがります。私、デビューしたら、川谷さんみたいな熱心な編集さんに担当してほしいです」

「はい、ぜひ。頑張ってくださいね」

何となくノックしてから、居間へと入る。

「あ、涼子さん、ありがとうございます」

「いえ。先生、お呼びしてきましょうか？　確か今日はお打ち合わせのお約束ですよね」

「いいんです、いいんです。少し早く来ちゃいましたし。先生、集中してらっしゃるみたいだし」

「すごいなあ、今まさに、ここで先生の次の傑作が生まれでるんですね」

「そうなんですよ。僕なんて、通ってから一年経つのに未だに感動して胸が震えちゃって」

瞳を潤ませる涙もろい川谷さんに、結菜さんももらい泣きし、二人してティッシュを取り出してちんと鼻をかんでいる。

先生のファンには、こういう熱烈なタイプが多いのだろうか。

何となく居場所がなくて、再びお風呂場に戻る途中、おかしな光景が目に飛び込んできた。執筆部屋にこもっているはずの先生が、こっそり玄関から忍び出ようとしているのだ。向こうも私に気がついてぎょっと目を見開いたあと、人差し指を唇の前にあてた。目が血走っている。

「もしかして、原稿、出来上がってないんですか？」

私のひそひそ声に黙って頷(うなず)くと、先生は玄関の外へつま先立ちで出ていく。

「待ってください、あの二人は!?」

先生は少し考えたあと、「一緒に来るか？」と、声を出さずに唇を動かした。

窓の外に広がっているのは、夏の名残の入道雲だ。なぜか夏休みを惜しむ子供のような気持ちになって、気がつけば、急いで素足にサンダルを履いていた。

「あ、お財布」

「そんなものはいい。私が持っている。いくぞ」

先生がせっかちに腕を引いたせいで、閉めかけていた玄関の引き戸がカタリと音を立てた。

「まずい、走れ！」

さらに先生が強く私の手首を握って、敷石(しきいし)を飛び越え、門の外へと駆けだした。

いつも夕方の散歩でゆるゆると過ぎ去っていく景色がぐんぐんと過ぎていく。こんなに足を大きく開いて走ったのはいつ以来だろう。夏の間に緑が生い茂った遊歩道を駆け抜け、散歩では通らない橋の途中で、汗がこめかみをつうと流れた。

太極拳の成果なのか先生はさほど苦もないようだが、私はすでに息が上がっている。

「先生、待って。待ってください。息が――！」

風景の去る速度が、再びゆっくりになり、先生が腕を放した。

「つい気が急いてしまった。うたたね橋か。ここまで来ればもう追っては来られまい。平沢君は大丈夫か？」

「ええ、何とか、大丈夫です」

ハンカチで額の汗を拭いていると、先生が欄干に手をついてふうと息を吐いた。

先生の締め切りの危機など知らない顔で、澄んだ水が下流へと注いでいく。親子でザリガニを捕まえる人の姿もあった。

「どうして川谷さんに、原稿はまだだと正直に言わなかったんです？」

「何度か言おうとしたんだが、あんまり楽しみにしているようだったからつい打ち明けそびれた」

川谷さんと結菜さんの会話を思い出すと、先生の気持ちがわからなくもなかった。

「先生は、川谷さんだけじゃなくて、世界中の読者の期待を背負ってるんですよね」

欄干にもたれたまま、先生は川の向こうを見つめていた。

「書いている間は、誰のことも考えていない。ただ、自分を楽しませて遊んでいるだけだ」

「そういうものですか？」

「そういうものだ。小説家など、身勝手で自意識の肥大した人間ばかりだよ」

伸びをしたあと、先生がこちらを見下ろす。光の加減で、瞳が気まぐれな猫のように薄く透けるから、少し慌てて目を逸らした。猫と目が合ったら、争う気はない、と顔を背けるのが礼儀なのだ。

「さて、昼時だし、飯でも食べるか？」

「え、帰らないんですか？　川谷さんと結菜さんはどうしましょう」

「大人なんだから、あの二人はあの二人で何とかするだろう。美空君が帰ってくるまでまだ間があるだろうし、いいから付き合え」

正直、家に戻らなくて済んでほっとしてしまった。このところ、結菜さんに家事のペースを乱されっぱなしで、精神的に落ち着かなかったのだ。

先生はすでに歩き出して、橋の向こう側へと渡っている。

「来ないのか？」

「行きます！」慌ててあとを追い、私も橋を渡った。

いつもの散歩コースから外れただけで、近所の町内は、まったく知らない顔を見せていた。民家の間にちらほらと雑貨店やカフェが姿を現し、外から遊びにきたと思われる人の数も少なくない。

「実家からもそう遠くないのに、こんな界隈、知りませんでした」

「最近、妙に若者に人気の店が増えたらしいな。なじみの小料理屋の女将が喜んでいた」

「この辺り、よく来るんですか？」

「主に、女将のところだけだが」

そう言って先生が立ち止まったのは一軒のお店の前で、紺地の暖簾には『小料理　みよし』と白く染め抜いてあった。

女将、ということは女性だよね？

先生について暖簾をくぐると、カウンター席だけのこぢんまりとした店内が目に飛び込んでくる。ほかにお客はおらず、カウンターの向こうでは発光しているのかと見まごうほど色の白い和装の美人が、割烹着姿で楽しげに立ち働いていた。

初めて会うはずなのに、どこか既視感がある。

「あら、周三郎君、お昼時に来るなんて珍しいわね」

つづいてこちらに視線を移した女将が、少し驚いた顔をしたあと、ぱっと瞳を輝かせた。

「もしかして、こちら、例の家政婦さん？」

「ああ、平沢涼子君だ。涼子君、こちらは妻の姉で一色佐衣子さん」

今度は私が驚かされる番だった。

「初めまして。先生のお宅で家政婦をしています、平沢です」

「そんな他人行儀にしないで、さ、座って座って。嬉しいわあ。一度お会いしたくて、連れて来てって何度もお願いしていたんだけど、やっとお願いを聞いてくれたのね」

奥様のお姉様、と聞いて、改めて佐衣子さんをしげしげと見つめてしまった。既視感があったのは、佐衣子さんが奥様によく似ていたからなのだろう。

「冷酒を私と平沢君に。皿は適当に頼む」

「はいはい。ふふ、涼子さんもいける口なのね」

佐衣子さんは、店舗用の冷蔵庫の中からさっと瓶を取り出してグラスに注いで出してくれた。

「會津（あいづ）ほまれよ。雪冷えでどうぞ」

少しお腹が空きはじめたところに、雪冷えの冷酒とは。先生は早く酔ってしまいたいに違いないが、私のほうは、これからまだ家事がある。しかし目の前では、澄んだ冷酒がグラスの中で微かに揺れ、家事なんて明日やればいいじゃないの、とそそのかしてきた。

「いいから、飲むといい」

隣では先生が無責任に言い放ったあと、グラスを口に運んで「ふう」と幸せそうに吐息をついた。

「お仕事中に連れ出してきたのね。まったく、周三郎君は。よかったら、お先にどうぞ。女性限定のサービスよ」

佐衣子さんはウィンクをしてみせながら、私にだけ出汁巻き卵を出してくれた。他にお通しがすぐに並ぶ。サザエと海藻の和え物で、お酒との相性は抜群に良さそうだ。

ごくり、と喉を鳴らして「いただきます」と手を合わせ、取りあえず食べ物からいただいた。先生は案の定、お通しには箸をつけずに一杯飲み終え「同じものを」と注文している。

佐衣子さんは、先生より先に、私にもう一品、「平気かしら？」と尋ねながら生牡蠣を差し出した。

「平気どころか、大好物です」

「ちょっと佐衣子さん、俺のは？」

尋ねる先生の口調が、何だか男の子みたいで新鮮だ。

先生は、外向きでは文豪らしく一人称が「私」なのだが、リラックスしている時や近しい人達の前では「俺」になる。

「はいはい」佐衣子さんも、姉のような（というか義姉なのだが）口調で応え、先生にもグラスのお代わりを差し出す。

「それから、築地から送ってもらった、とっておきのお刺身とサラダ」

最後に出されたのは、板皿に美しく載せられたお刺身の盛り合わせとお豆腐のサラダだった。

「暑かったものね。原稿、進んでいないんでしょう？」

鋭い指摘に、先生がぐもったうなり声で応える。

「先生、暑さに弱いんですか？　そうは見えなかったですけど」

「思考がまとまりづらいんだ。暑さというより湿気だな。夏になると軽井沢や北海道に逃げる作家も少なくない。あの辺りは大分過ごしやすいからな」

「先生は行かないんですか？」

「俺はいいんだ。ここの湿気にやられて締め切りを破るのもまたおつなものだ」

「前はよく夏休みに軽井沢へ出掛けていたのよ。でも、あの子が亡くなってからはね」

佐衣子さんが私に向かって言い足した。

ああ、そうかと合点がいく。

あの子、と佐衣子さんが言ったのは先生の亡くなった娘さん、香乃ちゃんのことだ。きっと先生はまとまった休みの時には、香乃ちゃんや奥様の柚子さんを連れ、避暑に出掛けていたのだろう。以前、先生の家の書架で盗み見た家族のアルバムには、ログハウスでくつろぐ家族写真も混じっていた。どの写真でも香乃ちゃんは、パパが大好きという顔で笑っていたし、そんな香乃ちゃんが可愛くてたまらないというように、穏やかな瞳をした先生の写真もあったはずだ。

「義姉さん、お代わり」

杯が進むにつれて、先生が素に帰っていく。お腹を出して眠っているコヨーテのように、無防備に昔語りをしはじめる。

「香乃はあの場所が好きだったからな。今は別荘も売り払ってしまったが。知らない間に、ずいぶんと時が経った」

「そうねえ。本当に。もう十年以上経つんですものね」

「ああ。今年の一月で二十二になった。四年制の大学へ行っていたら、ちょうど就職する頃だ。一人暮らしをする、なんて言い出していたかもな。だから――だからもう、あの子の部屋を、片付けようかと思っている」

佐衣子さんが、微かに目を見開く。

「そう、そうね。いい頃合いかもしれないわね」

口調が、一層しんみりとしたものに変わっていった。

「あの子が二十二歳じゃ、私もおばあさんになるはずよねえ」

「おばあさんなんて、そんな！　そんなにお美しいのに」

お世辞ではなく、佐衣子さんは、私よりもよほど女らしさが滲んでいて、若々しく美しい。それでいて、そんじょそこらの若い女性には絶対に勝てない艶もあって、いつまでも見ていたくなってしまう。

「それにしても、どうしてそんなにお肌がきれいなんですか」

佐衣子さんが、ふふふと笑ってお薦めの洗顔方法を教えてくれている間、先生の頭が、支えていた腕に沿ってカウンターに滑り落ちた。

佐衣子さんが「あらあら」と笑ったあと、こちらに視線をよこす。

「私達だけで、少しお話しない？」

柚子さん――先生の奥様によく似た目が、三日月型に細められる。

「もう本当にね、気になって仕方がなかったのよ。柚子の三回忌でお会いできると思ってたら、ご実家に帰ったっていうし」

「ご親族の集まりですから、私達がいてはかえってお邪魔かと。先生も帰ったほうがいいとおっしゃってましたし」

「うちも含めて色んな親戚がいるからね。だからあなた達を守ろうという、周三郎君なりの気遣いだったんだと、涼子さんに会ってわかったわ」

どう応じていいのかわからず、無意識に冷酒のグラスを口に運ぶ。

「美味しい」

「うふふ、そうでしょう」

私をじっと見つめたあと、すっきりとした顔で佐衣子さんが微笑む。

「あのゴミ屋敷を片付けてしまったと聞いてどんな肝っ玉母さんなのかと、ご著書が出た時に検索してしまったの。そうしたら、ずいぶん可愛らしい人で本当に驚いた。周三郎君を救ってくれて、本当にありがとうございました」

「いいえ、そんな。救われたのは、私達親子のほうなんです」

空き(す)っ腹(ぱら)ではやくもお酒が回りはじめたのか、素面(しらふ)なら恐縮して舌がもつれてしまったに違いない場面でも、自然と言葉が紡がれていく。

「離婚して実家に出戻って、でも兄夫婦が両親と二世帯住宅に建替え計画があって、どこにも居場所がなかった私を住み込みの家政婦で雇ってくださって」

本当は、結菜ちゃん同様、先生の親切心につけこみ、奇襲で押しかけて居座ってしまったのだが、さすがに口にする勇気は出なかった。

「いいえ、どちらか一方だけが救われるなんてこと、そんなにないわ。大抵は、救うほうも救われているものよ」

「そうだとしたら、先生を救ったのは私ではなく、美空ではないでしょうか」

「お嬢さんのことね。今度、ぜひ連れてきてほしいわ。周三郎君が、香乃の部屋を片付けようと思い立つなんて、よほど深い場所で気持ちを整理したんでしょうから」

「私もさっき初耳で、とても驚きました。そこまで整理する必要、ないとも思ってしまうんですけど」

佐衣子さんがゆるゆると首を左右に振る。

「一区切りにはいいタイミングだわ。それに、香乃のそばには柚子もいる。お部屋がなくなっても、もう寂しくはないでしょう？」

そう告げる佐衣子さんの顔は切なげで、掛ける言葉が見つからない。

「やだ、ごめんなさいね。湿っぽくなってしまって。ねえ、周三郎君って、見た目が若いでしょう。とても五十には見えない。それは、この人の中に、ナイーブな少年が強く残っているせいだと思うの。彼にはまだまだ、出会いが必要なのよ。涼子さん、こんなことをお願いするのは筋違いかもしれないけれど、そばで支えてあげてね」

「そんな、支えるだなんて。私には掃除するくらいしかできないので」

いきなり何を言い出すのだ、佐衣子さんは。動悸を鎮めるために冷酒をあおったが、さらに動悸が増しただけになる。

佐衣子さんは私をじっと見つめたあとで、再びがらりと話題を変えた。

「今度、うちのお店の収納も一緒に考えてもらえると助かるんだけど、どうかしら？もちろん、きちんとお支払いするわ」

「それはもちろん。こちらこそ、お願いいたします」

それからは、先生の昔の思い出話や、佐衣子さんの二人の息子さんや旦那さんの話で盛り上がり、あまり返事に困るような話題は出なかった。

もしも私の勘違いでなければ、佐衣子さんの口にした〝出会い〟という言葉には男女のというニュアンスが濃くなかっただろうか。だとしたら、私に支えてほしいという発言は、ずいぶんと大胆な意味合いになる。

うん、勘違いだな。

なんと言っても佐衣子さんは柚子さんの姉なのだし、仮にも亡くなって二年と少しし
か経っていない妹の連れ合いにもう相手がいたら、いい気などしないだろう。

あの出会いは、男女問わず人としてという意味合いだったのだ。

一人納得していると、先生が目を覚ました。

「あれ、俺、どのくらい寝てた？」

「う〜ん、三十分くらいかな」

「そうか。それじゃ、飯食ってそろそろ帰るか」

お刺身をはじめ、新鮮な素材でつくられた美味しいおつまみをきれいにいただいたあ
と、私と先生はお店を辞した。

緑道を来た時とは逆に辿っていると、向こうから歩いてきた人物が「あ」と声を上げ、
同時に私も「あれ⁉」と応える。

「涼子？」「お母さん⁉」

母が、買い物袋を下げて目の前に立った。

「あ、先生、こちら私の母です」

「平沢さんにはいつもお世話になっています。山丘周三郎です」

「まあ、こちらこそ、娘がお世話になっております。至らない娘で、あまりご迷惑をおかけしていなければよいのですが」

「迷惑どころか、男の一人暮らしで何事も行き届かなかった家の中をあっという間にきれいにしていただきました。世話になりっぱなしです。さぞ、お母様の教えがよかったのでしょうね」

「あら、おほほほほほ」

声を上げた母の目は笑っていない。代わりに口元がひくついていた。

離婚して出戻った時、世間体が悪いと、私がほっつき歩くことに対してあまりいい顔をしなかった人だ。

二人して明るいうちからお酒の匂いをさせて歩くなんて、人様が見たらどう思うか！

母の心の声が直接、頭の中に響くようだった。

「お母さん、こんな場所でどうしたの？　家からは少し遠いでしょう」

「歩いて十五分くらいよ。散歩にはちょうどいいし、この緑道の先に、新しいスーパーができたからちょっと気分転換にね」

そういえばこの間、先生の家にもチラシが投函(とうかん)されていた気がする。

「そうだ、涼子。来週は十五夜でしょう。ススキを分けてあげるから、近くなったら取りにいらっしゃい」

「え？　どうしたの、急に」

ススキなんて、近所の川縁に自生しているのを取ってくるだけなのに、わざわざ呼び出すのは不自然だった。

「いいから、待ってるわよ。お父さんもちょっと話があるんですって。それじゃ先生、私はこれで。涼子、くれぐれも先生に失礼のないようにね」

手を振って母が遠ざかっていく。笑顔だったが瞳は据わっていて、やっかい事の予感しかしなかった。

＊

一日一回、結菜さんが家事をして何かを壊したり、失敗したりするのがもはや日課のようになってしまった九月の半ば。ちょうど十五夜の前日に、失われてしまった私のマグカップと先生の湯飲み、それに取り皿を新調しに買い物へと出かけ、その帰りに実家へと立ち寄った。

「お帰り、待ってたわよ」

「うん、ただいま」

母の顔に何か企みが浮かんでいないかうかがってみたが、探りきれない。

「珈琲でいい？」

「自分で淹れるから大丈夫」

スリッパにはきかえ、台所へと向かう。二世帯住宅への建替えを前に、かなり整理が進んでおり、段ボール箱が積み重なっていた。

「取り壊しっていつからだっけ」

「再来週よ。しばらくは賃貸暮らし。あなたも、間違って捨てられたくないものがあったら持っていきなさい。少しくらいなら、先生のお宅に置かせてもらえるでしょう？」

「うん、美空と二人で使わせてもらっている部屋、まだ余裕があるからそこに置かせてもらおうかな」

前に主人と住んでいた部屋も買い手がついて、もう他人のものになってしまった。つづいて、生まれ育った実家まで消えてしまう。自分の歴史が途端に頼りないものになってしまうようで、やはり寂しさがこみ上げる。

「さ、先にお父さんのところに行ってて」

「そのことなんだけど、一体話って——」

前回、こんな風に話を切り出された時は、先生の家で家政婦をしないかという相談を持ちかけられた。結果的にはとても良かったのだが、それはあくまでも結果論で、両親としては建替えを前に早く私に出ていって欲しかったのではないかという疑いを今でも捨てきれずにいる。今回は一体、何を持ち出されるのだろうと思うと、やはり少し身構えてしまった。

「まあまあ、とにかく行ってらっしゃい。あなたにとっても、悪い話じゃないと思うわよ」

言いながら、私が濃いめに淹れたコーヒーを、母が氷の入ったグラスに注ぐ。

「ミルクを多めに入れてね」

「はいはい、わかってるわよ」

それ以上は台所にいる理由がなくて、仕方がなく居間へと顔を出した。

「お父さん、ただいま」

「おう、よく来たな」

父が将棋雑誌を閉じてテーブルの脇に置いた。私と同じく掃除には余念のない母がしょっちゅう片付けている影響で、いつもコップくらいしか置かれていないテーブルには、珍しく、赤いベロア素材のカバーがつけられた本のようなものが置かれている。いや、本にしては大分薄いだろうか。

「どうだ、先生のところは。住み込みになってもう一年以上経つんだよな」

「うん。おかげで楽しく働かせていただいてるよ。美空のこともとっても可愛がっていただいてるし」

「そうか。そうは言っても、他人の家だ。少しばかり窮屈に感じることもあるんじゃないのか?」

「う～ん、そりゃまあ、最初の頃はかなり戸惑うこともあったけど、今は全然だよ。色々あったせいか、決まったリズムで穏やかに暮らせることがありがたいし」

朝ごはんづくりからはじまって、庭の草むしり、植物の植え替え、そのあとの掃除、洗濯、お昼ごはんづくり、先生とお茶を飲みつつおやつを食べたあとは川谷さんがやってきて、先生の人気エッセイのネタにもなっているお散歩に出掛ける（お散歩には結菜さんが同行せず、家で小説修行にいそしんでくれているのも、本音ではいい息抜きになっている）。月に二度は家事教室があって、ご近所から生徒さんがやってくるのも楽しい。最近では、中学生の女の子や、片付けが苦手だという小学生の男の子が通ってくることもあった。

むしろ、あの場所が今の自分の居場所のようにさえ感じられていることに、今さらながら気がつく。

「そうか。大分、立ち直ったんだな」

「――お父さん」

突然の離婚で、心配、かけたよね。

「それなら、安心して勧められるな。実は、おまえに見合いの話があるんだ」

「はい⁉」

しんみりとした気持ちに、いきなり濡れタオルを投げられた気分になったが、父は一向に気がつかずにつづける。

「お相手も離婚歴はあるんだが、おまえより三つ下で子供がいない。帝都大卒の税理士でかなりお忙しいようでな。家庭をしっかり守ってくれる女性が理想だそうだ。それで、家事の本まで出した涼子ならお眼鏡にかなうんじゃないかって、ほら、小動のおばさんがお話を持ってきてくださったんだ」

もはやついていけずに口を閉ざすと、母が付け加える。

「なかなかね、こんないいお話ってないと思うのよ。もう三十半ばなんだし、子供を一人で育てていくのだって大変でしょう？　そろそろ、美空のためにも、この先のことにも目を向けたほうがいいと思うのよ」

「だからだよ」

「え？」母が怪訝そうに首を傾げる。

「美空の父親にふさわしい相手かどうか、お見合いなんかで見抜けるわけないでしょ⁉　継父による性被害だってびっくりするほど多いんだし。第一、まだ離婚して一年だよ？　正直、再婚なんて考えられないし、今は自分と美空のことだけで精一杯だよ」

母が突然、真顔になった。

「な、何？　どうしたの？」

「涼子、まさか、先生とどうにかなろうなんて、考えてないわよね？」

「ば、馬鹿なこと言わないでよ！　そんなこと、あるわけないでしょ⁉」

意図したよりも大きな声が出てしまい、咳払いでごまかす。母はおそらく、先だって目撃した私と先生の姿を見て、今のような発言をしたのだ。確かに、雇い主と家政婦が、真っ昼間からお酒を飲み、ほろ酔いで並び歩くなど、少し危ぶみたくもなるかもしれない。

それでも、相手は先生なんだし、お酒だって無理に付き合わされただけなんだし。

「とにかく、先生のことで妙な勘ぐりはやめて。絶対にないから。金輪際ないから」

「世間の目は、そうはいかないのよ」

母はため息をついたあと、父と一瞬、目を合わせた。

「涼子、母さんとも相談したんだがな。二世帯住宅が完成したら、この家へ戻ってこないか。庭を少し狭くして、建物の面積を大きくとるつもりなんだ。おまえと美空の部屋もゆとりを持ってつくれる」

二つ目の提案もまた唐突だったが、断る理由は見当たらなかった。実家のほうが、美空の小学校に近い。他人の家に居候するという中途半端な状況も解消できる。母の言う、世間の目からの余計な勘ぐりもかなり緩和されるだろう。

ただ、頷こうとすると、首がどうしても前に倒れていかない。骨が軋むようなこの抵抗は何なのだろう。

「涼子、聞いてるの？　実家なら気兼ねもないだろうし、それが一番でしょう？」

「うん、ありがとう」

「わかってくれたのね？」

ぱっと表情を明るくした母を前に、ゆっくりと首を振る。少し頭の中で整理をしてから告げた。

「でも、美空も先生のお宅に越して一年経って今の生活が気に入ってるみたいだし、今すぐに一人では決められないよ。少し、時間をくれない？」

美空のことを隠れ蓑にしてしまったようで申し訳ないが、まったくの嘘ではない。美空は先生にかなり懐いているし、先生も多分、美空を拠り所にしている部分がある。その二人を引き離す決断を、すぐにはできなかった。

「そう、それもそうね。その代わり、お見合いのことは前向きに考えなさいよ？　あまりお待たせするのも失礼だから、早めに返事をちょうだい」

母がススキを新聞紙にくるんで手渡してくれる。

「今日は、いいお月見ができそうね。先生とは節度を持って接するのよ」

「だから」

「はいはい、わかってるわよ。でも、世間からどう見えるかだけは意識しておきなさい。口さがない人達だっているんだから」

ススキを自転車のかごに乗せ、先生の家へと向かった。

実際にはススキよりもずっと重い荷物を持たされた気分で、心なしかペダルまで重く感じる。

突然呼びつけたかと思えばお見合いだなんて、家に戻ってこいなんて、先生との仲を邪推するなんて、それでも親なの!?

まさに親だ、と気がついて、ペダルを漕ぐ力を弱める。

少しズレてはいるが、あの人達なりに私達親子のことを心配しているのは確かなのだろう。

お見合いの話はともかく、実家に戻るという話は、少し考えてみたほうが良さそうだった。私だって、いつまでも先生の家に住み込みでお世話になっているのはどうかと、心のどこかでは思っている。先生だって、いずれ再婚するかもしれないのだし。

ぽん、と結菜さんの顔が思い浮かんで、いやいやいやと首を横に振り、赤信号の横断歩道を渡りかけて慌ててブレーキをかけた。

＊

朝から仕込んでいたお月見団子十五個、ぶどう、栗、梨、りんごなどの果物も三宝に乗せて、庭を臨む縁側にお供えした。ここは先生が、時々は私も一緒になって、十五夜以外にも月見酒を楽しむ特等席だ。

鮭と栗のおこわ、きのこのお味噌汁、お刺身に柿とサツマイモをふんだんに使ったサラダ。晩ごはんも秋尽くしで完璧だし、あとはススキと御神酒をお供えして完成なのだが、台所で大きめの花瓶に活けておいたススキがなぜか見当たらない。

「ナア」と足下にすり寄ってきたコヨーテに尋ねてみたが、小首を傾げて去っていった。

「ねえ、美空、美空？」

「はあい、居間にいるよお」

学校から帰ってきて宿題をやっていたはずなのに、と慌てて飛んでいくと、美空が結菜さんと何やら手先を動かしてはしゃいでいる。

「美空。結菜さんの邪魔をしちゃだめでしょう」

「いえ、邪魔だなんて。ちょうど原稿が煮詰まってたから、いいんです」

「ねえ、結菜ちゃんって、すっごくビーズ編みが得意なんだよ。見て、きれいでしょう」

　見ると、確かに手すさびと呼ぶには完成度の高すぎる見事なビーズ編みのコースターが美空の手の平に載っている。

「ほんとだ。すごいですね」

「いえ、そんな。手先だけは昔から器用で」

　頬を染めながらも、結菜さんは少し得意げだった。

「ママはね、家事は得意だけど、手芸が全然ダメなんだよね」

「え、そうなんですか⁉　意外です」

「縫い仕事とかは大丈夫なんですけど、手芸となると途端にダメで。効率ばっかり考えて、うまく遊べないんですよね」

　美空のために何かつくってあげたくても、機能性の高いバッグなどはできるのだが、可愛らしいワンピース、などがいまいちの仕上がりになってしまう。その点、結菜さんの作品は見事な幾何学模様と遊び心のある配色の見事さが相まって、お店でも売れそうな完成度に仕上がっていた。

「で、ママ、一体どうしたの？」

「え？　あ、そうそう。二人ともススキを知らない？　今日の十五夜で飾ろうと思っていたんだけど」

ぴくり、と結菜さんの肩が動いて、嫌な予感がする。

「もしかして、何か心当たりでもあります？」

しかし、ススキはお皿と違って割れるようなものではない。

「実は、ススキらしき枯れだ草を、ゴミかと思ってさっき、捨てじゃいました」

「え!? どうしてわざわざ活けてあるものをゴミだと思うんです!?」

小さく叫んだあと、慌ててゴミ箱を覗いてみると、真っ二つに折れたススキがゴミ袋のなかに放り込まれていた。

「すみません、私、ススギを飾るなんて思ってもみなくて。てっきり、庭で抜いだ雑草なんだと勘違いしてしまって。今日、お月見だったたんですね」

「そう、ですか。まあ、大丈夫です。何とかしますから」

答えつつも、終わったと思った準備が終わりきらず、ため息がこぼれるのを止められなかった。

「もう、ママ、そんな反応しなくてもいいでしょ？ 大丈夫だよ、結菜ちゃん。美空、近所にススキが生えてるところ知ってるし、先生とのお散歩の時にまたとってくるから」

「美空ちゃんは優しいね。でも私、本当にドジで。ごめんなさい、涼子さん、許してください！」

大声で謝罪したかと思うと、結菜さんが深々と頭を下げた。突然のことに戸惑って立ちすくんでいると、先生までが何事かと出張ってきた。

「一体、何の騒ぎだ？」

大げさなほど頭を下げている結菜さんを見て、私を責めるような目つきになる。

「先生、ご執筆中にすみません。私、あの、また失敗して、今日のお月見に使うススキを捨ててしまったんです。それで、涼子さんを怒らせでしまって」

「え、いや、私は」

怒ってないとは言い切れない。それでも、この状況だけを切り取ると、まるで私が怒り心頭で、結菜さんをいびっているようにも見えることに——先生の表情で気がついた。

「どうした、涼子君らしくもない。ススキなど今日の散歩で摘めば間に合うだろう」

「はい。あの、そうです。もちろん」

「でも、許せないですよね。この間から失敗してばかりで、涼子さん、ほんとはすごく怒ってたの、わがってますから。だから、少しでも役に立てないかと思って手伝ってもまだ失敗してしまって。せめて、一人で寂しそうに手芸してだ美空ちゃんと一緒に遊ぶくらいしか役に立てなくて」

一人で寂しそうに——⁉　しょっちゅう台所に顔を出してつまみ食いもしてましたけど。私ともおしゃべりしてましたけど⁉

「結菜君も、もう気にすることはない。君は、この家に心労を重ねに来たんじゃなく、小説を書きに来たんだろう。私達はもうすぐ散歩に出掛けるからその時に、代わりのスキを取ってくる」

結菜さんは、大粒の涙を流しながら、潤んだ目で先生を見上げている。

「はい、結菜ちゃん、ハンカチどうぞ」

美空が差し出した（そして私がアイロンがけした）ハンカチで、結菜さんは遠慮なく涙と、それから鼻水を拭って、なぜか私に返してよこした。

「今度から気をつけますので、どうぞ許してください」

「いいえ、もう本当に、何とも思ってないですから」

正体のわからない向かい風に晒されて、ほとんど囁くような声になってしまう。もはや本当に自分が怒りっぽい家政婦で、新入りの若い女子をいびったのではないかという気になってきた。

だから、川谷さんが能天気な声で「こんにちは！」と玄関戸を開けた時、呪いが解けたように我に返って、玄関まで小走りで迎えに出たのだった。

秋の虫が、りりりりと鳴く声が響いている。いつもの四人で夕方の散歩をするのに、虫の声ばかりが耳につくのは、会話がまったくないからだ。

第一、前を行く先生と美空の姿はいつもよりかなり離れた場所にあるから、会話のしようがない。

「あの、涼子さん。いったい僕が来る前に何があったんです？」

「何もないですったら。変に気を遣わないでください」

「そうは言ってもですね、これじゃ、僕自身がかなり気まずいというか、居づらいというか」

立ち止まって川谷さんを見上げると、この人の好い年下の青年は、緑道の木々からのぞく小さな青空を仰いでいた。酸素の少ない水槽の中で喘ぐ淡水魚みたいだ。全ての感情が顔に出てしまう川谷さんといると、余計な神経を使わずに済むせいか、徐々に気持ちが凪いでいく。

まだ突っ立っている川谷さんの情けなさそうな顔に、堪えきれずにぷっと吹き出すと、

「涼子さん、意地が悪いなあ」と頭を掻いた。

「私、やっぱり意地が悪いでしょうか」

「え⁉　冗談ですよ。涼子さんは、穏やかで優しい人だと思いますけど。やっぱり、先生と何かあったんですね？　よかったら聞かせてください。先生の精神の安定は、原稿の安定でもありますし」

歩きながら観念して、先ほど何があったのかを話して聞かせた。ついでに、心に引っ

かかっているお見合いや実家へ戻ってこないかという話も打ち明けようかと思ったが、何かが喉につかえる感覚があってやめる。

「そうなんですか。彼女、少しそそっかしいですもんね。でもまさか、花瓶に活けてあったスキまで捨てちゃうなんて」

「ええ。ちょっと驚きました。でも私、彼女が言う通り、ずっと怒っていたのかもしれません。全部完璧に段取りしてあったのに、予定が狂っちゃったことで苛ついて」

「それはまあ、仕方ないですよ。はっきり、家の中のことには手を出さないでくれってお願いしてもいいかと思いますよ」

少し苦いものの混じった物言いに驚かされる。

「もしかして結菜さん、川谷さんに何か失礼なことをしちゃいましたか？」

「え!?　いえ、ただちょっと――彼女、本当に」

そのとき、美空がこちらを振り返って大きく手を振った。

「ママ、川谷さん、見て！　お月様！」

住宅がひしめいてつくる屋根の海の波間に、大きな月の頭が覗きはじめている。

楽しみにしてたのに。

子供みたいに拗ねた声が耳の奥で小さく反響する。その声はくっきりとした映像を伴っていた。縁側におざぶを敷いて、月見酒をする私と先生の姿だ。傍らにはきっと川谷さんが寝ていて、一年をかけて再生してきた美しい庭を明るい月の光が包んでいた。

桔梗が苔むした岩のぐるりに頭を垂らして咲き、花瓶に活けたススキはきっと風に揺れているだろう。美空と先生がつまみ食いをするせいで、多分、お団子が二つ以上は欠けているに違いない。

それに先生は、今日のために特別に、手に入りづらい日本酒を用意してくれると意味深に微笑んでいたのだ。そのための舞台の準備を、完璧にしておいたのに。

幼い愚痴が止まらない心の中を持て余していると、川谷さんが尋ねてきた。

「あれ、今日はいつもの公園のほうに行かないんですかね」

「多分、河原にススキを取りに行くんだと思います」

緑道を抜けて、T字路を公園とは反対方向に曲がると、やがて夏の間に草の生い茂った川原に出る。子供達がよくザリガニを獲っていたりする穏やかな流れの川で、夕方になると気持ちのいい風が吹いている夏の間の夕涼みスポットだった。

私は、美空と先生が連れ立って階段を下り、仲良く川原でススキを取る様を、舗道に立ったまま、ただ見守っていた。

「先生は、何かお考えがあるんだと思いますよ」

唐突に川谷さんが告げるから、先ほどの会話のつづきだと理解するまでに少し時間がかかった。

「よく人を見ている方だから、物事を上澄みだけでは判断してないと思います」

「そうでしょうか」

満月のせいだろうか。本音がぽろりぽろりとこぼれていく。

「私、本当は彼女に苛ついていたんです。だから、先生は正しく状況を見て、私を叱ったんだと思います」

くすり、と笑った川谷さんが憎らしい。

「そんな小さなことって笑いましたね、今」

「まさか。日々の些末事こそ、大事です」

「些末って言っちゃってますから、それ」

「あは、本当だ」

美空がススキを抱えて階段を駆け上がってくる。秋の妖精のように可愛らしい姿だ。先生が「美空君、慌てずに、慌てずにだ」と、自らが慌てた声を発して、はらはらと気を配りつつあとから上ってくる。

最後の段を上りきった先生の額には、汗に濡れた前髪が張り付いていて、それを長い指が乱暴に払いのけた。月が昇るにつれ、秋虫の鳴き声が激しいほどに響いている。

先生と目が合ったものの、さっと逸らして美空からススキを受け取った。

「さあ、帰ってお月見をはじめましょう」

「そうだな、結菜君も待っているだろうし」

その声には反応せず、ただ歩みを速めた私に、先生は呆れているだろうか。

結局、家へ帰るまで、先生とは一言も口をきかなかった。

秋の実りづくしの夕ごはんをいただいたあと、いよいよ空を明るく照らしはじめた月を皆で眺めた。

一旦その場を辞して、もう目がとろとろとしはじめた美空をお風呂に入れている間、なぜか解放された気分になる。結局、夕食を食べている間、先生とも、結菜さんとも、上手く話せなかった。

「ママ、何か今日、変じゃない？」

両手を合わせて、ぴゅん、と水鉄砲をしながら美空が尋ねた。

「結菜さんのススキのこと？」

「それもそうだし、先生ともなんか、変な感じだし。もしかして、ばあば達と何かあった？　今日、ススキをもらいに行ったんでしょう？」

美空は時々、中に老婆がいるのではないかと思うほど鋭い発言をする。今の今まで、今日の自分の有り様と実家での出来事を結びつけて考えていなかったが、もしかして自分で思うよりずっと、両親から受け取った荷物を重く感じていたのだろうか。

「ねえ、美空。もし、もしだよ、万が一、先生のおうちを出て、ばあば達のおうちに戻るって言ったらどうする？」

「え？　二世帯住宅になったあと？」

「うん、そう」

美空は、再び水鉄砲を噴射させたが、先ほどよりずっと飛沫が遠くまで飛んだ。

「わかんない。だって、ばあば達には明と光がいるけど、先生には美空しかいないんだよ。一人ぼっちなんて可哀相だよ」

光と明は私の兄の子、つまり美空の従兄弟達だ。

「でも先生だって、ずっと一人とは限らないし」

「それはそうかもだけど。少なくとも、今は女っ気ゼロだし」

やはり美空の中には誰かいる。

自分の娘を改めて奇異の目で見てしまう。一体いつの間に、こんな小さなレディに育っていたのだろう。

「ナァァァァン。ナァァァァン」

お風呂の半透明のドアの向こうに、黒いシルエットが透けていた。

「あ、コヨーテ」

黒のしなやかな肢体に空色の瞳。コヨーテは、人間だったら絶世の美女に間違いないのだが、なぜかお水は風呂桶からしか飲みたがらない。特に美空や私が汲んだ水が大のお気に入りらしい。

今日も、美空が水道水を汲んで与えると、つんとすまし顔で手を入れ、ピッピッと辺りに二度散らしてからごくごくと飲みはじめた。

「コヨーテって、お上品なんだかお行儀が悪いんだかよくわからないよねえ」

「ナアン」

美空に応じたのかと思いきや、コヨーテはこちらをじっと見つめてきた。

「美空達がばあばのおうちに行くの、反対なんじゃないの？」

「ナアナア」

そうそう、に聞こえたのはさすがに幻聴だろう。

「じゃあさ。たとえば、たとえばだけどね？　ママがお見合いするって言ったら、どうする？」

驚いた顔の美空が何かを答える前に、コヨーテが優雅にジャンプして浴槽の縁に立った。

じいいいっと食い入るようにこちらを見つめるのは、猫の習性から考えると、ケンカを売っているか、何か訴えたいことがある時だ。

「コ、コヨーテ、お腹空いた？」

「ニャアニャ」

心なしか侮蔑の混じった一瞥をくれたあと、コヨーテは再び床へと下り立ち、少しだけ開けておいた浴槽のドアからするりと出ていってしまった。

「私、今、ものすごく見下されてなかった？」

「ええ、そうかなあ？」

コヨーテの動作に紛れてしまい、結局、美空がお見合いについてどう思うかを聞きそびれてしまった。入浴後、どうにか宿題をやりおおせると、早々に布団にもぐりこみ、ひとり寝息をたてている。母親が突然お見合いなんて、何も思わないはずはないのに、一言も尋ねてこなかったのが気になった。

やっぱり、まだ早すぎるよね。

天使のような寝顔を眺めながら、馬鹿な質問をしてしまったと激しく後悔する。

このあと、皆のところへ下りるのは億劫だったが、まったく顔を出さないのも大人げがない気がして、ようやく重い腰を上げた。

時間は午後十時半。もう、月はかなり傾いていっただろうか。

しかし、階段を下りながら、さっきまで確かに響いていた皆の声が聞こえてこないことに気がついた。あれから四時間経つ。もうお月見会は解散してしまったのかもしれない。

結局、先生がどんなお酒を用意したのか知ることもできなかった。

大きく息を吐き出し、縁側へと向かう。誰もいないものだと独り合点していたせいで、無防備なまま、先生の姿を見てしまった。

すっきりと晴れた空に、少し眩しいと感じるほどの明るさで浮かぶ月の光を浴びて、きっと先生は、今ここではない、過去の遠い景色を見ている。その様子はどこか、こちらの背筋をぞくりとさせるものがあって、これ以上近づくのがためらわれた。

「どうした、平沢君。飲みに戻ってきたんだろう？」

横顔を見せたまま、先生が尋ねる。少し、いや、かなり意地が悪い。お酒の誘いを私が断れないと知っての質問なのだ。素直に答えるのが悔しくて、わざと話を逸らした。

「あとの二人はどうしたんです？」

「川谷君は、急用で編集長に呼びだされた。つまみを買いに行かせるつもりだったんだがな」

「え、それなら私、つくりましたのに」

「何を言っている。もうこんな時間だ」

初めて先生がこちらを見る。耳の上の髪が一房、誰かがつまんでいるみたいに跳ねているのが、整頓好きの指先を疼かせる。

「結菜さんは？」

「君の準備を台無しにしたのに、自分だけ飲むわけにはいかないと、自室にこもっている」

「え⁉」

「嘘だ」

間髪入れず、先生が否定した。

「執筆があるから、ほどほどでよしておくそうだ。もっとも、足下はふらふらだったから、ほどほどをとうに通り越しているように見えたがな。今ごろ部屋で寝入っているだろう」

「そうですか」

「いいから少し座らないか。まだ出していない酒がある」

先生はそう言って立ち上がると、姿を消した。先生の座布団とは少し離れた場所に自分の分を敷き、月光に照らされた庭に目を遣る。

「ナァァァァン」

コヨーテがすり寄ってきて、寄り添うように座った。先生も、何やら大事そうに乳白色の瓶を両手で抱えて戻ってくる。

「それは――而今のにごり酒ですね⁉」

はからずも、目を輝かせてしまったに違いない。十数年前、代替わりした蔵元の跡継ぎが発売した時からの大人気銘柄で、在庫が瞬間蒸発してしまうため、なかなか手に入らない。

「たまには、こういうのもいいだろう」

「よく手に入りましたね」

さっき私が用意したガラスのお猪口に白く濁った液体が注がれると、繊細な音を立てて微炭酸がはじけだした。表面が白く泡立ち、早く飲み干してくれとこちらに語りかけてくる。

「どうした、いらないなら私が――」

「いただきます」

もはやたまらず、口に含む。花のような馥郁とした香りと、口蓋を刺激する微かな炭酸、彗星の尾のようにすうっとキレていく後味。人気があるのも頷ける逸品だ。

「美味し」

緊張がほぐれ、ほうっと肩の力が抜けていく。そういえば、私はなぜ、こんなにも先生に緊張しているのだろう。

「少しは機嫌が直ったか」

「え？」

先生が、こちらを見下ろしている。うまく逸らせず、視線に囚われたまま動けなくなった。

「このところ、ずっと不機嫌だったろう。いつもなら笑って対処する場面でも怒っていたしな。結菜君が落ち込んでいた」

「そうですか」

お酒のせいか、気持ちがそのまま素っ気ない口調になって表れた。

庭先が煌々と明るい。自分の醜さまで照らし出されている気がして、先生から顔を逸らした。

少しは落ち込んでもらわなくては困る。この短い間に、壊した器は十個以上になるし、掃除機を乱暴に扱って柱に凹みを作ってくれたり、自分の昼食くらい自分でつくると調理場に立ち、ストックしていた塩をうっかりシンクに全て流してしまったりもした。

「何か気になっていることでもあるのか」

結菜さんのことなら、山ほど気になることがありますけど。

とはもちろん言えず、ただ俯く。

「平沢君、俺はそんなに頼りない雇い主か。何かあるなら言いなさい」

先生の命令口調に、いつになく腹が立ち、杯を飲み干した。

「お見合いを勧められました」

一気に告げ、月光に照らされたりんどうの花を意地になって見つめつづけた。自分がなぜこんなことを口走っているのか、その真意は、月光の影になってよくわからない。

先生は隣に座ってしばらく黙ったまま、「ほう」と短く答える。

「それはいいことじゃないか。平沢君はまだ若い。新しい伴侶を得ることをためらう必要はない。そうか、それで少しナーバスになっていたのか。まあ川谷君は嘆くかもしれないがな。それで美空君はなんと？」

「まだ何とも。もう一度、ちゃんと話してみます」

「そうか」

杯に新たな酒が注がれる。微かな発泡音は、月光の立てる音にも聞こえてきた。川谷さんに対する相変わらずの勘違いを訂正するのも面倒で、そのままにしておく。

「相手はどういう人間だ？　年齢は？　職業は？」

「税理士さんだそうです。お相手も再婚だそうで、年齢は同じくらいみたいです」

写真はろくに見てこなかったから、どんな容貌なのかは知らない。

「そうか。ご両親としては安心なタイプだな。それで、見合いの日取りは？」

「まだわかりません。お返事、していないですし」

やけに饒舌（じょうぜつ）に尋ねてくる先生に戸惑いながら、りんどうの花弁を見つめたまま答える。

「決まったらすぐに言いなさい。その日は仕事を休んでかまわないから。美空君の面倒も俺が見るから心配はいらない」

「そんなに私のお見合いを応援してくれるんですか」

「もちろんだ。まあ、美空君がどうしたいかを聞いて、あの子が退屈しないよう考える」

先生は、すべて合点がいったというような満足げな横顔を見せ、月明かりの庭を見つめている。たいそう気分が良さそうで、そんな先生の隣でこれ以上飲むのは、あまり気乗りしなかった。

「それじゃ、私はもう失礼します」

「なんだ、まだ少ししか飲んでいないじゃないか。平沢君のためにおろしたんだぞ」

そう言われてはじめて、先生が而今にまったく口をつけていないことに気がつく。

「どうして飲まないんです？」

先生はラベルを指でなぞったあと、「さあな」と言ったまま黙ってしまった。

心地よい風が吹いており、月が庭を隅々まで照らす夜だ。こんな夜には、亡くなった奥さんと娘さんが姿を現す気がする、といつか先生は言った。

而今は確か、未来でも過去でもなく、今ここを生きるという意味の言葉だったはずだ。先生は、今ここではなく、じっと過去に目を向けている。

だから、飲まないんですか。

声に出して尋ねることはできなくて、私はそっと、その場をあとにした。

第二章　彼女が眼鏡を外したら

今日の朝食は、あじの干物、しじみのお味噌汁とごはん、それに先生が食べたいと言った菊の花ときゅうりの酢の物だ。皆で席について、手を合わせたあと食べはじめた。

「私はちょっと、お魚は。しじみのお味噌汁だけいただきます」

青白い顔で、結菜さんが呻く。昨日、遅くまで川谷さんや先生とお酒を飲んでいたから、二日酔いなのだろう。

「大丈夫か、結菜君。君は少し速いペースで飲み過ぎだ」

「だっておつまみがあんまり美味しくて。喉が渇くもんで、ついつい」

「すみません、おつまみ、ちょっと味付けが濃すぎましたか？」

「いえ、そんな。美味しがったって言いたがっただけです。怒らないでください」

ええと、だから、怒ってないですから。

悪い子ではないのだが、結菜さんと話していると微妙に調子が狂う。

微かな苛立ちをも表情に滲ませないよう、顔筋を必死に操ったつもりだが、きちんとできただろうか？

「結菜ちゃん、お酒の飲み過ぎはダメだよ。はい、お水もどうぞ」

ビーズ手芸仲間として親交を深めている美空が、結菜さんにグラスのお水を汲んで差し出した。

「それだけ喋る元気があるなら大丈夫だ。それじゃ、少し具合が回復したら、仕事部屋の整理を頼むぞ、結菜君」

先生がお味噌汁を飲み干したあとで何気なく放った一言に、固まる。

「え、仕事部屋の整理って」

大丈夫なんですか!?　という無言の悲鳴をあげて、先生を見つめた。先生だって、結菜さんの粗相の多い性質をもうわかっているだろうに、なぜ、宝島だと自ら自慢気に語る書籍だらけの部屋の整理を任せる気になったのだろう。

結菜さんは、相変わらず青白い顔のまま、言い訳をするようにつづける。

「本当は他の人には一切立ち入らせてないみたいなんですけど、私の小説修行には役立つ資料が沢山あるだろうって、特別に許可してくださったんです。ね、先生」

「ああ、ここにいる間は思う存分、修行に励むといい。それと、一章書けたら、見せにくるように」

「はい、ありがとうございます！」

大きい声、出せるんじゃないの。

二日酔いはどこへやら、生き返ったような声で返事をした結菜さんに、知らずに毒づいていると、美空が無邪気に笑う。

「なあんだ、結菜ちゃん、すぐ元気が出て良かったね」

「本当だな」

先生も美空に向かって微笑み、結菜さんが照れたようにこれまた笑う。笑顔の満ちる朝のテーブルで、自分が今、どんな表情なのかわからなくなった。顔筋はすでに好き勝手に動いてしまっている。

先生の仕事部屋は、私も滅多に入れない言わば聖域で、一ヶ月に一度、掃除機をかけさせてもらえたらラッキーな場所だ。そこへ、結菜さんは好きに出入りするという。掃除のためではなく、小説修行のためだ。私が入室を拒まれているのとは全く意味合いが違う。そう自分に言い聞かせてみるものの、すとんとお腹に落ちてこない。

小さな子供のようにむくれてしまう自分を持て余しながら、私は皆より一足先に、テーブルを離れて皿洗いをはじめた。

「行ってきまーす」

朝食のあと、元気よく玄関を飛び出す美空を、先生と一緒に玄関先で見送った。先生との間に、なぜか微細な電気が走っているような緊張を感じる。

仕事部屋を結菜さんに対してのみ開放したことが、まだ腑に落ちない。私だって、思う存分掃除したかったのに。しかし、先生はそんな私の心の内など知るはずもなく、まったく関係のない質問を放り込んできた。

「もしかして、美空君にもう一度お見合いの件を話したのか？」

「はい⁉　ええと、まだ改めては。でも、どうしてそんなことを？」

「いや、しばらく前から、美空君が学校へ行く時、以前ほど元気がないように見えるのだが、気のせいか？」

「え、今もあんなに張り切って登校したのにですか？」

「元気がよすぎて、わざとそんな風にふるまっているようにも見える。もしかして平沢君がお見合いのことを美空君に知らせて、それで落ち込んでいるのかと思ったんだが、勘ぐりすぎだろうか」

「え、涼子さん、お見合いするんですか⁉」

突然、廊下の陰から飛び出してきたのは、結菜さんだ。

「あ、いえ、それは。多分、しないと思うんですけど」

救いを求めるように先生を見たが、美空のことが気になるのかちょうど門のほうまで見送りに行ってしまったあとだった。

「ええ!?　いいじゃないですか！　こんなに家事ができで、まだ三十五歳で、美空ちゃんみたいな可愛い娘さんもいで。再婚相手を探すなら早いほうがいいですって。私も応援してます！　できることは何でも言ってください。ねえ、先生！」

外にまで聞こえるくらいの大声を張った結菜さんに驚き、先生が引き返してくる。

「ああ。そうだな、そうだ、うん。ところで結菜君は、探していた本は見つかったのか？」

「え、私一人じゃ、どうしても探せなくて。先生、ちょっと一緒に来てくれませんが？」

先生はこちらに一瞬、流し目をくれると、結菜さんを伴って仕事部屋へと帰っていった。

もしかして、庇ってくれた？

いや、まさか。結菜さんの指導にいよいよ本腰を入れているのだろう。いつもは太極拳の時間でリズムが崩れるのをひどく嫌がるくせに、なんと熱心な師匠なのだろう。

ダメだ、苛々する。このところ、ずっとそうだ。苛々が苛々を呼び寄せ、もはや苛々を解消するための家事にいそしんでいる。

今日は、あれの掃除をするしかない。

苛々が特に酷い時は、お風呂の鏡のうろこ汚れを取るか、溝をきれいにするに限るのだ。

軽く迷ったあと、腕まくりをし、今日は溝のほうをやることに決めた。家の中のレールというレール、サッシというサッシをきれいに掃除するのだ。一旦心に決めると、もう溝のことしか考えられなくなり、煩わしいお見合い話のことや、結菜さんが仕事部屋に自由に出入りすることや、先生とのなぜか気まずい空気のことは塵芥のように遠くへ飛び去っていった。家事って、やはり偉大だ。

右手にブラシ、左手に床用ノズルから隙間ノズルに付け替えた掃除機をぶら下げ、一人鼻息も荒く、掃除に取りかかることにした。

あらかじめ回してある洗濯機の規則正しい音を聞きながら、脱衣所のレールから始める。まずは、掃除機で大まかに埃を取り去るのが第一歩だ。ブラシでレールの溝部分に溜まった細かな埃を搔き出しながら、次々と掃除機のノズルで吸い込んでいく作業が気持ちいい。

ちなみに、掃除機のＣＭやカタログと言えば、優雅に片手で掃除する人達しか登場しないが、どうせ掃除機をかけるなら、空いたほうの手には、ブラシを握っているべきだ。

家の中は、溝や隙間で溢れている。掃除機をかけながら、搔き出して吸う、搔き出して吸う。素振りなみにこの動作を家のあちこちで繰り返すうちに、手の届かない場所からでも、大抵の埃は取り去ることができる。

さて、あらかたレールの溝から埃を除去できたら、それでも落ちなかった頑固タイプの埃を濡らした布巾でこすり落とす。その際、必要に応じて薄めた中性洗剤を使う。今も謎の黒い汚れが付着しているのを、不必要になったTシャツをカットしてつくった小さな布と綿棒を使ってこすり落とした。全体も水拭きし、次に乾いた布でから拭きしたら完了だ。

生まれ変わったように輝いているレールを見て、一人ふふっと暗めの笑いが漏れる。ちょうど、メロディを響かせて終わった洗濯物を、からりと晴れた秋の空の下に干していくうちに、何だか苛々していたのが嘘のように心もすっきりとしていた。

パンッといい音をさせてタオルを空に舞わせ、最後の一枚を物干し竿に洗濯ばさみで止めたあと、レモン水をグラスに注いで一息入れることにした。縁側から庭に足を放り出すようにして、終わりの花を咲かせる朝顔のカーテンを眺めながら、ふうっと息を吐き出す。

そうだよ、今の私は何の問題もない。風はこんなに気持ちがよくて、お掃除できるレールがまだ沢山控えているし、空気がからっとしているから洗濯物もばっちり乾きそうだ。

ただ、先生の仕事部屋から、時々、黄色い笑い声が漏れ聞こえるだけで。

すっくと立ち上がり、再びレール掃除に取りかかる。一階だけでも、ふすまのレール、玄関サッシや庭に面した窓のサッシなど、土埃を伴う手強いレールも控えている。

基本的に掃除の仕方は一緒だが、外の汚れが付着しているレールは、中性洗剤の出番が増えるのと、使い古しの歯ブラシも稼働させる。

手始めに庭に面した窓のサッシから手をつけることにした。レール部分にたまった土やゴミを掻き出しては吸い、掻き出しては吸う。際限のないこと、雑念のごとし。掃除をしても、掃除をしても湧いてくるこれらのゴミをきれいにする度に、私の雑念も消え去っていく、はずなのに、その度に、黄色い笑い声が、邪魔をした。

「一体、何の修行をしてるのよ」

一人毒づくと、いつの間に傍にきていたのか、コヨーテが「ナアン」と足下に体をこすりつけてくる。

「よしよし、おまえは優しい子だね」

ひとしきりコヨーテを撫でたあと、声の届かない二階のサッシを徹底的に磨き上げ、ようやく気持ちを立て直してから、お昼の支度に取りかかった。

今日は冷凍しておいたルーを使って、カレーうどんを用意することにしていたのだが、もしかして結菜さんの体調ではカレーうどんは受けつけないだろうか。

念のため尋ねようと、すっかり結菜さんの部屋として定着した応接間のドアをノックしたが返事がない。

もしかして、まだ先生の仕事部屋にいるの？

私が洗濯物を干してから一時間ほどは経っている。少し修行が長過ぎやしないだろうか。

廊下をつかつかと歩いて先生の仕事部屋の前に立つと、微かに隙間が空いていた。ノックしようとしたはずみに、その微かな隙間から、先生の背中が見えた。ただし、普通に見えただけではない。その肩には結菜さんの頭が載せられており、さらに結菜さんの両手がしっかりと腰のあたりに回されていた。

自分が何を目撃しているのか一瞬理解できずに固まっていると、結菜さんが突然視線を上げたせいで、目が合ってしまった。

結菜さんの頰には、ほんのりと朱が上っている。

回れ右をして急いで台所へと逃げ帰り、呆然（ぼうぜん）としたままカレーうどんにとりかかった。

うん、何はさておき、取りかかるべきだ。外の世界で何が起きても、半径五十センチの世界は平和だ。平和なはずだ。別に、先生と結菜さんがそういう仲になったからって、私に動揺する理由はないのだし。

それでも、わけぎとみょうがをこれでもかというほど大量にみじん切りにしてしまい、油揚げは軽く焦げ目をつけるはずが大分焦げ付かせ、どうにかカレーうどんの体を成しているものを完成させる。

「あの、お二人とも、お昼ごはんです」

二人に遠くから声をかけて、役目は終わったとばかりに二階へと逃げ帰った。

とりあえず、仲良く二人でカレーうどんを食べてもらって、その後、台所が静かになったら下りていこう。

鼓動がやけに早い。うずくまるようにして体育座りをし、息を潜めながら、先ほど目撃した場面を繰り返し再生してしまう。動揺する理由はないにしても、やはり同居している人達の仲が気になるのは仕方がない、よね？

あれは一体何だったのだろう。二人は、そういうことなのだろうか。しかし先生は二年前に亡くしたばかりの奥様を今でも思っているはずなのに。

唐突に、スマートフォンが鳴り響いた。びくりと肩を震わせたあと、画面を確認すると相手は母だった。

「もしもし？」

『もしもし涼子？　今大丈夫？』

「うん、どうしたの？」

『――何だか声がおかしいけど、何かあった？』

母親というものは、娘がいくつになっても母親だ。

「ううん、ちょっと電波の調子のせいじゃない？　それで？」

『だったらいいけど。実はね、この間のお見合いの件で、小動のおばさんから先方は乗り気だけど涼子のほうはどうだってせっつかれちゃったのよ。とにかく一度会ってみたらどう？　別に必ず結婚しなくちゃいけないわけじゃないんだし。今は昔と違って、カジュアルに若い人同士でお食事をするくらいでいいのよ』

階下から、声が響いてきた。

「カレーうどん、美味しそう！　先生もいただきましょうよ」

『涼子？　どうなの？』

多分、しないと思っていたはずだった。はずだったのに。あんまり心臓が跳ねるから、ついうっかり、言葉も跳ねた。

「わかった。お見合い、するよ」

『ほんと⁉　そう。じゃ、おばさんにもそうお伝えするわね。まあまあ、どういう風の吹き回し？　よかったわあ。それじゃ、詳しい日時はまた今度』

通話が一方的に切れたあと、すぐに再び着信音が鳴った。てっきり母親だと思って相手を確かめもせずに電話に出る。

「もしもし？」

『あ、涼子先生？　よかったあ、つながって』

今度の声の主は、私が月に二回開いている家事教室の第一期生である幸ちゃんだった。彼女は、結婚を前にもう少し家事のできる女性になってほしいという母親からの依頼で、無理矢理に私のもとへと送り込まれたのだが、本人は完全なキャリア志向で家事には毛ほどの興味も持っていなかった。結婚してからも、家事はパートナーに任せるか、足りない分は外注するつもりだと豪語していたほどだ。

ところが、今では家事の奥深さにはまり、積極的に激落ち洗剤などを手作りしてブログで発表していたりするからわからないものだ。

「どうしたの？　今は新居の設計で忙しいってお母様から聞いてるよ」

『そうそう、まさにそれなんですって。先生、収納をどうするべきか迷っちゃって。できれば一緒に考えてもらえません？　もちろん、アドバイス料をきちんとお支払いしますから』

「そんなの、いらないよ。結婚お祝いに無料でアドバイスしちゃう。いつがいい？」

なるべく早く、という幸ちゃんの声に飛びついて、私はちょうど長めのお昼休みがとれそうだという幸ちゃんのもとへ、すぐに向かうことにした。

待ち合わせをした大手町のカフェへと赴くと、すでに幸ちゃんは到着していて、こちらに向かって大きく手を振ってくれた。

「お久しぶり。何だか幸ちゃん、ますますきれいになってない？　幸せで輝いてるよ」

お世辞でも何でもなく、幸ちゃんは名前の通り幸せいっぱいの笑みを浮かべていて、こちらの沈みきっていた心まで浮き立ってくる。

「お世辞なんていいから、座ってくださいってば。よかったあ、今日無理に来てもらえて実は助かっちゃった。でも、山丘先生は大丈夫だったんですか？　あの人、涼子先生がいないとティッシュの補充もできなそうだけど」

「大丈夫、大丈夫。今日は何だかお忙しいみたいだし」

ただし、小説以外のことでね。と付け加えそうになるのをぐっと堪える。

さっそく新居となる一軒家の設計図を見せてもらいながら、幸ちゃんの収納に対する想いを聞いた。

「もうとにかく効率重視にしたいのと、徹底的に隠したいんですよ。ボックス一つ外に出しておきたくなくて。生活感ゼロが目標なんですよね」

「幸ちゃんらしいね」聞きながらぷっと吹き出してしまう。

しかし、設計図を見てすぐに、収納があちこちにばらけていることに気がついた。

「ねえ、各部屋に細々収納が分かれているのはどうして？」

「え、それは、だって寝室にはクローゼットがないと困るし、それぞれの部屋にだって普通、小さいクローゼット、ついてますよね」

「それはそうなんだけど。たとえば、家に帰って靴を脱いで廊下を通り過ぎて着替えて。洗面所で手を洗って、台所に行って飲み物を入れてリビングのソファで一息つくとして、幸ちゃん、このお家（うち）の中を細かく何往復もするよね。あと、洗濯物をたたんで仕舞う時も、旦那さんのクローゼット、幸ちゃんのクローゼット、将来的にもしお子さんが生まれたらお子さんのクローゼット、脱衣所にタオル、台所に布巾、ってこれも細かく何往復もするよね？」

「うわあ、無駄。人生って無駄に溢れてますね」

幸ちゃんがホラー映画でも観（み）ているような恐怖に歪んだ表情を浮かべる。

「これだけの広さがあるんだったら、私は思いきって収納を大きく三つくらいに分けることをお勧めするよ。たとえば、玄関のシューズインクローゼットとこの個室をつなげて、家族共有の収納にするというのはどう？」

思ってもみない提案だったのか、幸ちゃんは目をまん丸に見開いている。

「収納の中はバーを設けたり、造作棚を取り付けたり、ゆるく間仕切りして家族それぞれのスペースを区切ったりすれば、プライベート性も保てるし。何より、お洗濯のお片付けも楽だよ～。全部ここに運んでくればいいんだもの」

「ほんとだ、これはかなり効率的ですね。しかも、帰ってきて靴を脱いだら、つづきの収納スペースに行って部屋着に着替えて、ここからすぐの脱衣所に脱いだ衣類を置いて、手を洗ってうがいしてって、スムーズ！」

「でしょ、でしょ？　そんな風に、家事動線と収納をセットにして考えるといいよ。でもこのリビングにあるデッドスペースを収納にしたのは、すごくいいアイデアだね。何だかんだでリビングは物のたまるところだし」

ただ、幸ちゃん達がどの程度の荷物を持っているのかも大事になる。次回会う時までに、洋服類や家具、雑貨類など、ざっくりとしたリストを持ってきてもらうことになった。

はあっと、ため息をついた幸ちゃんがこちらを見つめる。

「涼子先生って、前から思ってたんですけど、パズルとか得意じゃないですか？」

「え!?　うん、まあ嫌いじゃないかな。テトリスとかかなり上手だよ」

知らずに得意顔になってしまった。

「車の運転は？」

「うん、けっこう得意かも。後ろ向き駐車とか、割と考えなくてもできちゃったし」

「そういうことなんだよなあ。先生って、空間認知能力が高いんでしょうね。私もそういうの得意だと思ってたけど、先生には敵わないや」

「やめてやめて、何にも出ないから」

笑いながら、頼んだアイスティーを一口飲んだところで、幸ちゃんが出し抜けに尋ねてきた。

「で、どうしてそんなに元気がないんです？」

「え、そ、そんなことないよ。元気いっぱいだよ。こうして久しぶりに幸ちゃんにも会えたんだし」

口角をぐいっと上げてみせたが、幸ちゃんのまなざしは鋭い。

「ごめん。ちょっと色々あって、疲れてるのかも」

「やっぱり。様子が変だと思った」

久しぶりに幸ちゃんに会えて気が緩んだのと、まったく関係ない第三者に話を聞いてもらいたいという気持ちが重なって、気がつくと私は、結菜さんが先生の家に現れてからのストレスフルな状況を、幸ちゃんに愚痴ってしまっていた。

話を聞いている幸ちゃんの顔が、だんだん険しくなっていく。

「というわけで、今朝は特に驚いちゃってね。まさか先生が結菜さんと抱き合ってるなんて思ってもみなくて」

「涼子先生！」

「はい⁉」思いがけない厳しい声に、思わず姿勢を正した。

「その人、賭けてもいいけど、書いてないですよ」

「え？」

「絶対に作家志望なんて嘘です。ただのファンですよ、山丘周三郎ファン。しかもちょっと危ないタイプ。どうにかしてその人の部屋に入って、本当に執筆を進めているのかどうか、確かめたほうがいいですよ。それと、実家に連絡してみるのもいいですね。家出しているかもしれないですし」

「いや、でも私は家主じゃないし、山丘先生のお客さんなんだし」

「ああ、もう、じれったい。そんな弱気なことでどうするんですか！　いいんですか、先生がその得体の知れない女とひっついちゃっても」

いや、もうひっついちゃってるんですけど。それに先生が誰かとひっついても、私は先生の家政婦だから、そのことについてあれこれ口を挟む必要はない。

幸ちゃんは、出来の悪い生徒を見守る教師の目になって、首を左右に振った。

「とにかく、取り返しのつかないことになる前に、何とか理由をつけて追い出すべきです。変に弱気にならないでください」

「弱気というか、私は家事さえ滞りなくやらせてもらえればいいの。まあ、先生がたった二年で奥様を忘れて別の女性と抱き合っているのはショックだったけど」

男の人というのは、愛を並列に振り撒けるものだというのは定説だが、山丘周三郎に関しては別なのかと思っていた。

「次はよい報告が聞けること、期待してますよ」

もはや講師と生徒の立場が完全に逆転した言葉を残して、幸ちゃんは仕事へと戻っていった。


その夜、ピカピカになったレールを滑らせて脱衣所のドアを開け、同じく光り輝く浴室のドアを押し開けて、美空と一緒にお風呂に入った。

「ねえ美空、ちょっと聞きたいことがあるんだけどさ」

ぴくり、と美空の肩が震える。

「なあに？」

「この間、ちらっと言ったお見合いの話なんだけど、ほんとにしてみてもいいかな？」

「へ？」明らかに想定外の質問だったらしく、普段は反応の速い美空がしばし止まった。

「ほんとにするんだ？」

「あ、いや、うん。でも、会うだけだよ、あくまで」

「でもお見合いって、結婚してもいい相手かどうか、デートして確かめることでしょう？　万が一、その人と上手くいくことだってあるかもしれないよ？」

美空がじいっと瞳をのぞき込んでくる。

「ママ、本気でそうなってもいいと思ってるの？」

いきなり核心を突く質問が飛んできて、口ごもってしまった。幸ちゃんにつづいて、美空と私の立場も逆転してしまったかのようだ。

大げさなため息のあと、美空が諦めたような顔で頷く。

「ま、いいんじゃないの？　会うだけ会ってみれば？　美空は全然構わないよ」

「いいの？　でも本当に、義理で会うだけだからね」

「うん、どうぞ」

いつにも増して大人っぽい返事をしたあと、あべこべに動揺する私に救いの手を差し出すかのように、美空がぱっと話題を変えた。

「そう言えば、結菜ちゃんから可愛いビーズ編みの技、教えてもらったんだ。ママにブレスレットをつくってあげるよ」

「あ、うん、ありがと。結菜さんは小説の修行に来てるんだから、あんまりお邪魔しちゃダメだよ」

「平気だよ。結菜ちゃんは手芸大好きだし。それに美空も、もっと結菜ちゃんのことをちゃんと知りたいし」

「そう？」

「あ、それよりコヨーテだよ。入りたいみたい」

浴室でお水を飲むのが大好きなコヨーテが、「ナゴナゴ」と何事かを呟きながら入ってきた。かと思うと、ひらりと舞うように浴槽の縁にジャンプし、おもむろに私の腕に猫パンチをお見舞いしてくる。

「ココーテ？」

新しい鳴き声のパターンに戸惑っていると、美空がそっとココーテに人差し指を突き出した。それはずるいよお、とでも言いたげに目を細めたあと、ココーテが条件反射で美空の指の匂いを嗅いでいる。

「ナゴナゴ、ニャニャ！」

「わかってるよ、ココーテ。そうなんだよねえ」

美空が猫語を解しているかのように頷いてやると、ココーテは、私に対するのとは打って変わって、美空の頬にぐりぐりと頭を擦り付け、大好物のはずの浴室のお水を飲まないまま、つんと顔を上げて出ていってしまった。

「ちょっと何、今の。ココーテ、何て言ったの？　私、怒られてなかった？」

「う～ん、怒ってはないと思うけど、叱られた感じかな？」

「え!?　何でかわかる？　私、ココーテの大事にしてるオモチャとか掃除の時に間違えて捨てちゃったりしたのかな？」

「どうなんでしょうねえ？」

美空まで、若干、コヨーテのような目つきで私に流し目をくれる。

髪を洗っても、ボディソープでさっぱりと全身を洗っても、美空とコヨーテの間にあるらしい共通認識が、私には一つもわからないままだった。

*

朝起きてカーテンを開けると、空が一段、高くなっていた。

急いで一階へと下り、庭へ出てみる。コスモスの蕾（つぼみ）はまだ固いものの、すでに咲く準備は整っていると言わんばかりに、風に揺れながら淡い香りを発していた。

「秋が来る」

すなわち衣替えの季節だ。湿度が下がり、からりと晴れた空のもとなら、夏物の洗濯を二巡くらいしても平気で乾く。お日様の下、柔らかに乾いた衣類を取り込んだそばから虫除け（むしよけ）を入れたケースに収納していくのは心洗われる作業だ。もちろん、季節の変わり目の台風や雨にさえ祟ら（たたら）れなければ、の話だが。

ただし今回の衣替えを機に、先生の家の衣類収納も、いちいち季節に沿って簞笥（たんす）の中身を入れ替えなくても済むようにカスタマイズしようと思っている。春夏、秋冬の二種類に簞笥を分ける方法で、ケースごと前後させればほぼ衣替えが済んでしまう、究極の楽々収納だ。

もっとも、私は、衣装ケースからすべて取り出して箪笥の中身を総入れ替えする衣替えも決して嫌いではないのだが、私だっていつまでこの家にいるかわからない。たとえば今回のお見合いが上手くいってしまって、この家を去ることになったとしても、家事音痴の先生が困らないように整えておきたいという気持ちが心の片隅にある。

もちろん、先生に新しい奥さんができたら、こんなことは杞憂に終わるのだろうが。

何だか心がすんと冷えて、無意識に両腕をさすっていた。

こういう時は、あれこれ考えずに家事だ。

いわし雲が悠々と泳ぐ空に両手を突き上げて、私は大きく伸びをした。

朝食の席で、衣替えだからなるべく邪魔をしないで欲しいと皆に宣言し、美空を学校へと送り出したあと、さっそく洗濯に取りかかった。先生のジャージに、別の先生ジャージに、もう一枚の先生ジャージに。張り切ってはみたものの、そういえば先生はジャージの人だった。ただ、夏はジャージがTシャツになっているから、代わり映えのしない白いTシャツばかりが物干し竿にならんで掛けられ、風にたなびいている。

美空の夏物のワンピースやランニングシャツ、私のお気に入りのギンガムチェックのワンピースや詰め襟にレースをあしらったフレンチスリーブのブラウスも、まるで先生の家族の衣類のように仲良く揺れている。眺めていると、この家で過ごした夏の日々や、緑道を散歩して先生と交わした何気ない言葉達が甦ってきて、夏に置いていかれる寂しさに膝を抱えたくなった。

実際、少し体育座りをして休んでいると、見張っていたかのように母から電話が鳴り、センチメンタルな時間は消え去ってしまった。

『よかった、電話がつながって』

通話ボタンを押すなり、母が勢いよく話し出す。

『お見合いの件なんだけど、お相手の長内さんが、今週の土曜日、三時くらいにお茶でもっておっしゃってんのよ。都合はどう？』

「あ、うん。多分、大丈夫だと思う」

『よかった。カジュアルなお見合いとはいえ、当日は失礼のないようにね。ちゃんと、印象をママ達に伝えてちょうだい』

「わかった」

衣替えに取りかかって清々としていた気持ちが、見る間に沈んでいく。成り行きというか勢いで受けてしまったお見合いだが、冷静になってみると、なぜ受けてしまったのかという後悔しか湧いてこなかった。

——家事をしよう。

夏物衣類が乾くのを待つ間、防虫剤を手作りすることにしていた。使用するのは、私の家事には欠かせない重曹と、防虫効果があり香りもいいローズマリーとレモングラスの精油だ。ビニール袋に大さじ四杯ほどの重曹と二種類のオイルを合計二十滴ほど入れてよく混ぜたら、お茶用の布パックに入れるだけ。

重曹は湿気も吸ってくれるから、カビ対策にもなって一石二鳥だ。

先週まで確かに残っていた残暑がかき消え、すっかり涼しくなってしまった空気に、ローズマリーとレモングラスの爽やかな香りが拡散し、私の胸の内からもおかしな虫が駆除されていくような気になる。

ついでに、ほかの虫も追っ払ってくれたらいいのに。

心の奥で、離婚した時以来聞いていなかった自分のほの暗い声が響いてぎくりとした。

何だか最近、気持ちの振れ幅が大きい。負の方向に振れると、自分の醜い部分が眼前にこれでもかと迫ってくるようで、どっと疲れる。

サシェに移した防虫剤の香りをコヨーテのように目を細めて嗅ぎ、もう一度、気持ちを仕切り直すと、昼食の準備をはじめた。今日は先生の希望で生姜焼き(しょうがや)きをつくり、付け合わせにサラダと酢の物を用意することにしている。ちょうど味の染みたカボチャの煮付けも小鉢で添え、とろろ昆布のお味噌汁にはみょうがを入れる予定だ。

夏の疲れがまだまだ取れないこの時期、体の疲れを癒やしてくれる酢の物や、目の疲労にも効くみょうがを、最近では積極的にメニューに取り入れている。

今も、結菜さんは先生の仕事部屋に籠もっており、台所に立つ間も、耳につく甲高い笑い声が漏れ聞こえてきた。

「はいはい。楽しそうですこと」

下準備のために動かしている包丁が、スピードを増していく。刻んではコンロの前で調理をし、無心で用意していたせいか、お昼の用意がいつもより早く整ってしまった。

二人に知らせたいのに、先生の仕事部屋に近づくのがためらわれる。この間のような場面を目の当たりにするのはもう勘弁してほしかった。密着した男女の姿というのは、見知らぬ男女であっても目のやり場に困る。ましてや、面識のある二人ならなおさらだ。

仕方がなく、少し離れた廊下から声を張ることにした。

「お二人とも、ごはんができましたよおおお」

「知っている」

想定外の場所からすぐに返事が聞こえて、びくりと振り返った。視線の先に、仕事部屋にいるはずの先生が立っている。おそらくお手洗いに行った帰りなのだろう。

「結菜さんは」

「ああ、彼女なら、仕事場の本を整理してもらっている。なかなか優秀だ」

「――そうですか。お二人とも、切りのいいところで昼食を召し上がってください」

「今日は三人で食べないか。昨日は二階に上がってしまっていただろう」

「ええ、でもちょっと、家事教室の準備もありますし」

「確か今月は、もう少し先じゃなかったか？」

他に断る理由がとっさには思い浮かばず、渋々頷いた。向こうから引き戸の開く音がして、結菜さんが仕事場から出てきたことがわかる。

「さ、ちょうど揃ったな。腹が減った。飯を食おう」

仕方なく、二人分だけ配膳してあったテーブルに自分の分も並べ、ほどなくして合流した結菜さんと三人で着席した。

一口食べて「美味しい」と目を細めたあと、結菜さんが機嫌よく尋ねてくる。

「そういえば涼子さん、お見合い、もうすぐなんですよね？」

「ええ、今度の土曜日に。なので、外出してもいいでしょうか。美空は実家に預けますし」

「その必要はない。美空君は私が面倒を見ていると言っただろう。美空君もそうしたいと言っている」

「二人で話したんですか⁉　でもお仕事の邪魔ですし」

「大分目処（めど）がついてきたから、あとは結菜君に方言の翻訳をお願いしている。美空君と遊ぶくらいの時間はどうとでもなる」

「そうですか。それじゃ、先生といられるようになったと美空にも伝えておきます。ありがとうございます」

神様に応援されている道はスムーズに進めると聞いたことがある。あまり乗り気ではないお見合いの道が、親ばかりではなく先生にまで応援されて着々と整えられていくのは、もしかしてそちらが進むべき道だからだろうか。

「遊園地やら動物園やら、どこか行きたい場所があるかもしれない。それとも、美術館や博物館のほうがいいだろうか」

妙にそわそわとしだした先生を見て、むしろ先生は積極的に美空と出かけたいのだと察せられた。しかし、思わずくすりと笑いが漏れたのも束の間だった。

「あのう、話は変わりますけど、夕方のお散歩、今日は私も行っていいですか。先生がどんな風にお散歩してエッセイにしてるのが、知りたいですし」

来るの⁉

小さな悲鳴が胸の奥で上がる。散歩は、これまで私と美空と川谷さんと先生の四人でつくる、静かな癒やしの時間だったのに。結菜さんが何かやらかさないか冷や冷やしながら歩いては、息抜きどころか、緊張の時間になってしまう。

もっとも、最近は先生と話すのが何となくためらわれて、もっぱら先生と美空、私と川谷さんの並びで歩くことが増えていたから、そう単純に癒やしの時間と呼べるわけでもなかったのだが。

「ただの散歩だから創作の参考にはならないだろうが、来たければ別に構わない」

一瞬、今日は辞退しようかとも思ったが、先生と美空が外出について話すというのに、私が行かないわけにもいかず、すっかり味の消えた昼食を口の中へと運びつづけることになった。


こういう気分の時は家事だ、家事に限る。

自分をなだめてみたものの、今日この言葉を呟いたのは何度目だろうと憂鬱になる。

お昼の後片付けをし終わったあと、風とお日様の力でふんわりと乾いた夏物を取り込み、縁側に並べてざっくりと分別した。Tシャツ、ズボン、薄手の靴下類に下着類。これらをちょうどお弁当箱くらいのサイズに折りたたんでいき、収納ケースにぎゅうぎゅうになりすぎないよう詰めていく。大体八割ぐらいが目安だろうか。これで湿気がこもりづらくなり、カビのリスクも大分減らせるはずだ。あとは、ところどころに、先ほどつくっておいた重曹の防虫剤を挟み入れる。重曹が湿気を吸って塊になったら取り替え時だから、三ヶ月ほどどして冬になる頃、再び取り出して確認する。

午後は、結菜さんも応接間へと戻ったらしく、静かなものだった。響いているのは壁掛け時計と、やや季節はずれになりつつある風鈴の音だけ。あれも、今日でしまおうか。

散歩を憂鬱に感じるのは初めてではないが、かつてこれほど気乗りしない日があっただろうか。

認めてしまえば、楽になるよ。

心のどこかでそそのかす声がして、私はこっそりと口にした。

「あの人、苦手。苦手を通り越して嫌いなのかも」

私は嫌な女だ。自分の家でもない間借りした先生のお宅を、あたかも自分の王国のように勘違いして結菜さんを侵入者扱いし、自分の裁量で動かせる領域が脅かされていることに苛ついている。

平たく言うと、これは、お局根性ではないだろうか。

先生と抱き合っていた結菜さんと、確かに目が合った気はするが、あれ以来、彼女から何かそのことについて言われてはいない。もちろん、こちらに背を向けていた先生からも。

ああ、嫌だ、嫌だ。お局になんてなりたくない。それ以前に、こんな狭量さが自分の中に存在していること自体が嫌だ。

私は、この秋の風のように颯爽と生きていたいのに。

――その人、賭けてもいいけど、書いてないですよ。

幸ちゃんの声が、もはや粘着質な自分の声になって甦ってくる。

こんなの、私ではない。少なくとも、私らしくない。叫び出したくなって、実際にそうする代わりに、家の中の布団という布団を引っ張り出してきて、全て布団たたきで叩いた。力任せに叩くわけにはいかないが、ぽしゅぽしゅと日向に似合う音を聞いているうちに、どす黒い雲に覆われていた胸の中がすっきりとしてくる。

「今日も精が出ますね〜」

ちょうど川谷さんがやってきて、生け垣の向こうから声を掛けてきた。

「ええ、ちょっと布団を叩きたい気分で」

微笑んだ私を見て、川谷さんが少し後ずさったが、その間も私は、布団を優しくはたきつづけた。

川谷さんにつづいて、クラブ活動を終えた美空も学校から帰ってきた。

「ママ、布団、叩きすぎじゃない⁉」

「え、そう?」美空に向ける顔は母としてまっとうなものにしたい。それでも幾分、口元が引きつってしまっただろうか。情けない母だ。

それでも、ふっくらとしはじめた布団に励まされ、川谷さんにも手伝ってもらって各所に布団を戻すうちに、気持ちがフラットになってきた。

よかった。散歩の時間くらい心穏やかでいたい。

日一日と、陽の落ちる時間が早くなっている。五時台に家を出たものの、すでに空はあかね色で、雲が大分高い位置で淡く染まっている。

私と川谷さんが並んで歩く大分前を、先生と美空、それに結菜さんが歩いていた。

「僕の勘違いだったら申し訳ないんですが」

隣を歩く川谷さんが、口を開く。

「もしかして涼子さん、先生と何かありました？」

「いいえ、別に何も。どうしてです？」

「いや、だって、この距離感、おかしいですよね。でも原因が先生じゃないとすると、結菜さんのほうですか。なるほど、なるほど」

先生じゃなければ結菜さん。川谷さんに、自分の世界の狭さを把握されていたことがショックだったが、布団を叩きまくったせいで、ここで突っ張れるほどの気力はもう残っていなかった。

「結菜さんのこともありますが、それ以上に自分の狭量さが原因と言いますか」

「ほうほう」

「やっぱり家事のペースが乱れてしまうことが、自覚していたより苦手だったみたいで。でも一つ一つは決して大きなことじゃないですし、私が気にしなきゃいいだけですし。ただ、仕事部屋の中でふた――」

さすがにあの件はプライベートに属する出来事だから、仕事相手である川谷さんにまで言うのは控えるべきだ。ぐっと言葉を飲み込んで、特大のため息に変える。

「ほうほう」

川谷さんは再び喉を壊したフクロウのような返事を繰り返した。

「もしかして、聞き流してます？　まあこんな話、そのほうが有り難いですけど」

横顔を見上げると、川谷さんは、前を歩く美空、先生、結菜さんの背中をじっと見つめている。

「僕のＰＣのフォルダに、ぞっこんラブっていう名前のが一つあるんですよ。その中ってどんなものが入ってると思いますか？」

「え？　ええと、川谷さんと元カノの思い出、とか？」

川谷さんは、去年、大好きだった彼女に振られている。大分引きずっているようだったから、その女性との写真やらメールやらのやりとりでも取ってあるのだろうか。

ただそうだとしたら、なぜ今そんな話題を振られたのか、意図が摑めずに戸惑う。

「編集部にいると、必ず受ける洗礼があって、その一つが少しルナティックなファンが何としてでも作家さんと連絡を取ろうとするあの手この手との戦いなんです」

「へぇ」今度は私が短い返事をする番だった。

「生き別れになった山丘の母です。もう余命いくばくもありません。どうか息子に連絡を取らせてください、なんて序の口です」

「え、それって」

「はい、もちろん嘘っぱちです。先生のお母様はもうお亡くなりになっていますし」

「髪の毛が一房入ったファンレターや、ご自分の卑猥な写真入りのファンレターもまあ、珍しくありません。特に山丘先生は、あのご容姿ですしね」

「うわあ」

「電話が直接かかってくることもあります。代表電話に上手いこと嘘をついてつないでもらうんですよ。そこで嘘の身の上話をしたり、脅してきたり。まあ色々とありますよ。そういう人達って共通して、ある種、独特の純粋さがあるから、すぐにわかるようになるんですけどね。でも——」

　ここで、川谷さんは少し言葉を切った。眼差しの先には、相変わらず三人がいる。美空は今日もご機嫌で、先生の手を取って、見知らぬ花を指差し、先生に何事かをはしゃいで告げている。先生は、私には決して見せない慈愛に満ちた眼差しで頷いて応えていた。結菜さんも、美空のそばにしゃがみこんで、一緒に葉を覗きだすのを見て、胸の中で何かが蠢く。

「でも、結菜さんからは、ぞっこんラブの匂いがしない。あの人、少なくとも先生のファンじゃないと思うんです」

川谷さんの淡々とした声に驚いた。

「もしかして川谷さん、結菜さんのこと、怪しんでるんですか!?」

「平沢さんこそ、どう思ってるんです？　いいですか？　突然、スーツケースを持って作家の家に押しかけるなんて、まともじゃありません。ぞっこんか、あるいは悪意があるか、どちらかです」

まともじゃなくて悪かったですね。

急に、彼女のことを庇いたくなってくる。

「いやあ、さすがに悪意があるなんてことはないですよ。だって彼女、先生の作品を読んで作家を目指すことにしたって言ってましたし」

あの言葉で先生の表情はまんざらでもなくなり、何だかんだで押しかけられてしまったのではないかと私は睨(にら)んでいる。誰だって、自分を崇(あが)めてくれる人がそばにいるのは心地いいのだろう。

しかし川谷さんは、納得しない。

「そうでしょうか。彼女からは、山丘ファンに共通する山丘愛も香ってきませんでした」

「はあ。それはまあ、そういうのも川谷さんが言うならあるのかもしれませんが」

「覚えてますか？　僕が初めて彼女と会った時、二人で山丘作品について話に花が咲いたんですが、彼女、そんなに先生の作品のことを好きじゃないですよ」

「でもそれって、先生の作品について語っているうちに泣き出しちゃう川谷さんに比べたらってことじゃなくてですか？」

「まあ、僕の山丘愛に敵う人はそんなにいないですからね。でも、その事情を差し引いても、彼女、少し気になるんです。典型的なぞっこんラブファンだったら対処のしようもあるんですが、何せ目的がわからないのが不気味です」

「はあ」

川谷さんが今いち反応の薄い私をじれったそうに見下ろした。

「忙しい平沢さんにこんなことをお願いするのは気がひけるんですが、結菜さんのこと、少し気をつけて見てもらってもいいですか。おかしなことがあったら、ためらわずに僕にメールをください。すぐ駆けつけますから」

刑事みたいなことを言い出すなと思ったら、川谷さんは以前、週刊誌の編集部に配属されていた時期があり、張り込みやら聞き込みまで行っていたのだという。

先生が立ち止まり、私に向かって手招きをした。小走りで近づいていくと、美空がぱっと抱きついてくる。

「ねえ、ママ聞いて。先生、ママがお見合いしてる間、東京ウォルトランドに連れてってくれるんだって」

「と、東京ウォルトランド⁉　先生、あれ、千葉ですよ⁉　遠いですよ⁉　人いっぱいですし、広いですし、めちゃくちゃ疲れますし。朝からの大仕事ですよ⁉」

「何を言ってる、美空君には取材に付き合ってもらうだけだ」

「取材って、何の」

「散歩エッセイの番外編だ。たまにはいいだろう、川谷君」

絶対嘘だ。ただ単に、美空と一緒にウォルトランドに行きたいだけですよね⁉

「ねえ、ママ、いいでしょう？　いい子にするから」

夕空を映して星のようにキラキラと瞳を輝かせている美空のお願いを断ったら、大人になるまで恨まれそうな気がする。

「わかった。その代わり、ちゃんと先生の言うこと聞くのよ」

「もちろん。ね、先生！」

「はは、怪しいなあ、それは」

先生まで子供のように、ぱあっと顔を輝かせている。

「いいなあ」ぽそりと呟いたのは、もちろん私ではなく結菜さんだ。

「じゃあ、結菜ちゃんも一緒に行く？　ね、先生、いいよね」

「ああ、もともと誘うつもりだった」

「そんな、お二人に美空のお世話をお願いするなんて」

言いながら、胸に奇妙な疼きを感じた。先生と美空と結菜さんの三人でウォルトランド、そして私は見知らぬ相手とお見合い。どちらが楽しいだろうか。

何を比べているのだ、私は。

自分の混乱具合にほとほと嫌気が差して、ふんばって頭を下げた。

「すみません、土曜日、よろしくお願いいたします」

「やったあ、決まりい！」

その後も結局、川谷さんと二人で並んで歩き、先生と言葉を直接交わすことのないまま、暮れていく空を時々見上げて家へと戻った。

＊

気の重い予定がやってくるのは早い。

土曜日の朝、先生と結菜さん、そして興奮で頰を紅潮させている美空を送り出した。

レストランは混んでいるだろうからお弁当を持たせようとしたら、何と先生が、テーマパーク内でも予約困難なことで知られているお店の席を、伝手(つて)を辿って確保したという。

「目の前で、プリンセスのダンスショーも見られるんだって」

我が子の瞳の中にいくつもの星が宿っているのを見ると、この星を自分でも輝かせてやりたかったと、何の非もないお見合い相手が恨めしくなる。

「行ってらっしゃい。わがまま言っちゃだめよ。ちゃんと先生と結菜さんの言うことを聞いて行動してね。トイレは見かけるたびに行っておくこと」

「もう、私、赤ちゃんじゃないよ」

この一年でぐっとお姉さんらしさの増した美空が、つんと鼻をそびやかし、結菜さんと先生の二人と手をつないで去っていく背中を見て、こちらが子供のように寂しくなってしまった。

「心配するな、無事に連れて戻ってくる。ウォルトランドは戦場じゃないぞ」

口を歪めて笑っていた先生の顔を思い出して、荒い鼻息が出た。

「そうですよ。それより涼子さんは、お見合い、頑張ってください。上手くいって再婚できるよう祈ってます」

下手をすると美空よりも瞳に星を宿らせてこちらの手を握らんばかりだった結菜さんの顔を思い出すと、さらに鼻息が荒れた。

部屋中に掃除機をかけ、廊下を雑巾がけして鏡のようにして、ようやく気持ちが収まったのはいいが、急いで支度をしなければお見合いに間に合わない時刻になっていた。

慌てて少し跳ねていた後ろ髪を軽くホットカーラーで巻き、久しぶりにおろしてみる。

ごく簡単なメイクを済ませて割烹着を脱ぎ、美空の入学式でも着用した紺色のワンピースに着替えていると、コヨーテが足下にまとわりついてきた。

「ナァァァン」

神秘的な空色の瞳は、何かを必死に訴えているようで、少し先へ進んでこちらを振り向く。

「何、付いてきてほしいの？」

頷く代わりに歩き出したコヨーテを追って廊下へと出る。再び振り返って私が付いてきていることを確認すると、コヨーテは迷いなく進んで、閉じられた応接間のドアの前で前足をついて澄ましてみせた。

「ああ、ここに入りたいの？　窓のカウンターがお気に入りだものね。でも今は、結菜さんが寝泊まりしているからダメよ。もう少し我慢してね」

「ニャアニャ！」

お風呂で見せるのと同じ軽蔑の表情を浮かべたあと、コヨーテが去っていってしまった。

ちゃんとお掃除、してるのかな。

家政婦根性が顔を覗かせ、今のうちにこっそり応接間を覗いてみたいという激しい衝動に駆られる。

だって、掃除機を借りたいとか一度も言われてないし。箒（ほうき）とちりとりを持ち出してもないみたいだし。布団もちゃんと上げ下げしてくれているのか不安だし。

ドアノブに触れかけて、はっと冷静になった。

ここで覗いたら、私、本当にダメになる気がする。

何がどうダメになるのか自分でも曖昧なまま、妙な対抗心だけが胸をよぎった。

「もう行かなくちゃ」

バッグにお財布とハンカチ類をつめると、仕方がなく玄関を出る。

コヨーテが見送りのつもりか、階段の三段目でちょこんと前足を揃えて「ナアン」と鳴いた。


待ち合わせは渋谷(しぶや)駅(えき)直結のホテル内にあるカフェだった。

ざっと見たところ、場所柄かビジネスで利用している人も多いようだが、堅苦しい印象はなく、ほどよく小ぎれいでカジュアルな場所だ。

入り口で相手の名を告げると、淀(よど)みなく席まで案内され、こざっぱりと白いシャツにベージュ色のチノパンを穿(は)いた男性が顔を上げて立ち上がった。

「はじめまして。長内と言います」

「はじめまして。平沢です」

写真よりもかなり若い印象で戸惑う。促されるままに着席した。

「すみません、お写真の印象が違っていて、すぐにはわからなくて」

「はは、しゃちほこばった写真ですからね。僕が見ても、自分だとわからないかも」

長内さんは、屈託なく笑うと、私にメニューを薦めた。

「外、人が多かったからお疲れでしょう。取りあえず、何か飲みませんか」

「あ、はい」

私より確か三つ年下のはずなのに、態度はかなりスマートで、下手をすると先生よりも大人だった。お互いにコーヒーを頼んだあと、長内さんが、にこにことこちらを見ているから、何だかこちらも笑ってしまう。

「いやあ、嬉しいなあ。こんなこと言ったら、ミーハーだと笑われるかもしれないんですが、実は僕、平沢さんのご著書の大ファンなんです。あとで、本にサインをいただいてもいいですか？」

「ええ!?　買っていただいたんですか？　おっしゃっていただければ一冊くらいお持ちしましたのに」

長内さんがご著書と丁寧に呼んでくれたのは、私の唯一の著作物のことだ。そもそもは、先生のゴミ屋敷をピカピカにした手腕を買われ、川谷さんが家事の本を出さないかと企画してくれたのがきっかけで出版が決定した想い出の一冊でもある。

恐縮していると、相手がとんでもないとかぶりを振った。

「いえ、ファンだって言ったでしょう？　この本は僕のバイブルで、発売直後に買ったものです。真面目な話、親戚が持ってきたお見合い写真の中に平沢さんを見つけた時は驚きましたよ」

どうやらファンだというのは、お世辞でも何でもなく、本当らしい。こそばゆい気持ちになって、運ばれてきたコーヒーを飲んだ。

「今は家事教室も主宰されてるんですよね？」

「主宰っていうほど大げさじゃないんですけど。近所の方を中心にたくさん生徒さんが来てくれるようになって」

「確か、家政婦をなさっている作家さんの家で教室を開催されているとか。具体的にどんなことを教えているんですか？」

長内さんに問われるまま、私は家事について話した。好きなものについて語るのは、どんな人間でも熱がこもるものだとは思うが、最近の鬱屈も手伝ったのか、語りに語ってしまい、気がつくとずっと一人で喋りつづけていた。

「す、すみません。いくら何でも退屈ですよね。畳の掃除の仕方とか、お風呂場の鏡の掃除のことなんて」

「そんなことないですよ。言ったでしょう、ご著書のファンだって。僕も一人暮らしで自分の城をきれいに保つの、大好きですし。常によりよく落とせる洗剤を探している人間ですから。むしろ、同志だと思います」

「そうなんですか!?」

これは、もしかして数少ない同類に出会えたのだろうか。

「はい。正直、そこら辺の女性より料理も手早いですし、美味しいと思います。家事能力、高めなんですよ」

長内さんがまんざら冗談でもなさそうに力説するのがおかしくて思わず吹き出してしまう。

「あ、疑ってますね。まあ、でも、もちろん、涼子さんみたいなプロには勝てませんよ。みんなの家事をバイブルのように使っていますし」

さりげなく、涼子さん、と呼び方が変わったことにドギマギしているうちに、長内さんが鞄から本を一冊取り出してテーブルに置いた。私の唯一の出版物、『みんなの家事』だ。

バイブルにして使っているというのは冗談ではないのだろう。所々に付箋が貼ってあり、目次のような役割を果たしているらしい。ずいぶんと几帳面な性格も本当のようだ。

「この付箋の貼り方は、確かに同志かもしれません」

にやりと笑って、長内さんが右手を差し出してくる。ためらいがちにこちらからも手を差し出すと、長内さんがおどけた口調で告げた。

「さて、同志に提案なんですが。東京ハンズに行って、掃除グッズデートをしませんか」

この抗いがたいお誘いに、脊髄反射で、二度も頷いていた。


結局、長内さんと掃除グッズを両手いっぱいに抱えるくらい買い物をし、一緒に夕飯も済ませて家へと戻った。

美空達はまだ戻っていなかったが、もう帰りの電車に乗ったと先生から連絡が入っており、先生の背にもたれてぐっすりと寝ている美空の写真も送られてきた。

この写真、結菜さんが撮ったんだよね。

それでも、真新しく優秀な掃除グッズを目の前にずらりと並べているおかげか、いつもほど胸にかかる黒雲の勢いは強くない。

「せっかくだから、お試し掃除をしちゃおうっと」

生ゴミ臭を強力カットするシンク用ビニール袋、拭き筋や繊維を残さないガラス拭き専用のタオル、排水管の詰まりを防ぐ分解液、水垢取り専用の布巾。

洗剤やつけ置き入らずで水垢をすいすい取ってくれるという触れ込みの布巾を使い、水道の蛇口の首を磨き上げながら、意外なほど楽しかった長内さんとの東京ハンズデートを思い出して、口元が緩んでいく。多分今、他人には決して覗かれたくない不気味な表情を晒している。

「よかったら、お見合いだからとかあまり深刻に考えず、また付き合ってください。実は、掃除用具メーカーが社屋の一部を解放してお掃除博物館というのをやってるんです。これが古今東西の掃除道具について展示されている秀逸な博物館なんです」

「行きます」

長内さんというより、掃除につられてしまい、あれこれ考える間もなく返事をしてしまっていた。

「じゃあ、そういうことで」

ゆったりとした笑みを浮かべて地下鉄の改札口まで送ってくれた長内さんと別れたあとは、夢から覚めたような気持ちになった。

「お掃除博物館なんて、一人でも行けるのに」

ただ、家事能力が高めだと自分で言い切る長内さんの言葉は嘘どころか謙遜でさえあったと、お掃除グッズに対する鑑識眼の鋭さから窺(うかが)えた。一緒に博物館を見学したら、さぞ盛り上がれるだろうと思うと、わくわくしている自分もいる。

いつの間にかこすっていた蛇口が新品のように輝きを取り戻していたが、周囲に馴染(なじ)まず、きらきらと浮いて見える。

「ただいま」

玄関戸の開く音につづいて、先生の声がした。

「お帰りなさい！」

駆けていくと、先生に背負われて、美空が眠りこけている。

「すみません！　代わりますから」

「いいから、先に美空君の靴を脱がせるんだ。二階まで俺が運ぶ」

そう言う先生の顔が驚くほど満ち足りていて、それ以上何も言えなくなる。急いでスニーカーを脱がせると、先生が美空を背負ったまま家に上がった。

「結菜さんもお帰りなさい。今日は一日ありがとうございました」

「いいえ、全然。美空ちゃん、いい子でしたから」

一瞬、結菜さんにも頭を下げ、急いで先生の後を追った。くったりと先生の背中にもたれかかったまま寝入っている美空を眺めながら、今さっき見つめた結菜さんの表情を思い出してどくんと心臓が強く打った。

先生のこと、ものすごく、睨んでたよね？　それとも美空を？

どちらにしても、なぜ彼女があんな表情を浮かべていたのかまったく理由を思いつかず、背筋に薄ら寒いものが走る。

「部屋に入っていいのか？」

先生が、私達が間借りしている部屋の前で立ち止まった。

「もちろんです。どうぞ」

ドアを開けて先生を招き入れ、取り急ぎ、美空の布団を引っ張り出して敷く。日向に干したおかげでふかふかになった敷き布団にシーツをかぶせると、先生が美空をそっと下ろしてやった。

「大はしゃぎだった」

「そうですか。前から行きたがっていたのに、なかなか連れていってあげられなくて。よほど嬉しかったんだと思います。本当にありがとうございました」

「いや、俺も楽しかった。またあの場所に行けるとは思っていなかったしな」

そうか。先生は、亡くなった娘さんと奥様――香乃ちゃんと柚子さんと一緒に、ご家族でウォルトランドへ行ったことがあるのだ。

「すみません、大切な想い出の場所に」

「何を謝る。俺は楽しかったと言っている」

美空を見下ろす先生の顔が、ほとんど父親のそれになっている。いやそれどころか母性まで感じさせるような慈愛に満ちていて、胸を衝かれた。

「ところで、見合いはどうだったんだ？」

「ああ、ええと、楽しかったです。相手が、お掃除好きな方で」

「——そうか。また会うのか」

「はい、いえ、その」

なぜ、しどろもどろになっているのか、自分でもよくわからない。先生が怪訝そうな顔をしているから、何となく俯いてしまった。

「いい出会いになったのなら、めでたいじゃないか。どうだ、今から祝いに一献」

「めでたいんでしょうか」

先生に尋ねて、どうするというのだ。

質問を発した本人が戸惑うのだから、先生だって困るはずだ。

案の定、先生は虚を衝かれた顔でこちらを見つめ、無言のまますっくと立ち上がった。

「やはり、今夜はもう寝ることにする」

「そうですか」

「それと、家の中のことはもうしばらくやりづらいだろうが、あと少し待って欲しい」

「え？」

やりづらいって、知ってたんですか？

しばし無言の時が流れたあと、先生は部屋を出ていった。階段を下りる足音がどんどん遠ざかっていく。

「キャキャッ」

猫とも少女ともつかない声に驚くと、美空が笑いながら寝返りを打つところだった。どうにか着替えさせ、やはりもう少し先生にさっきのことを尋ねようと一階へ下りると、縁側で、すでに杯を傾けていた。隣には――結菜さんがいる。

寝るんじゃなかったんですか。

心の中だけで呟くと、声が聞こえたかのように結菜さんが振り返った。

「あ、涼子さん」

お風呂上がりなのか、髪がまだ半乾きのようだ。先生の様子が少しおかしい。口を半開きにして中途半端な位置に杯を掲げたまま、呆然と佇（たたず）んでいる。光の加減で、結菜さんの顔は暗がりに紛れてしまい、よく見えない。

胸騒ぎがして、ゆっくりと二人に近づいていった。結菜さんの片手には普段かけている眼鏡が収まっている。

「一緒に飲みませんか？」

こちらを見上げる顔が、ようやく、ぼんやりと照らし出された。

「結菜、さん？」

疑問形になったのは、眼鏡を外した彼女の顔が、まるで別人だったからだ。相当、度の強い眼鏡なのだろうなとは思っていたが、少しグロテスクなほど大きく誇張されていた目元は、きれいな卵形の輪郭に自然に収まり、美しく濡れ光っている。ノーメイクのはずなのに、睫毛(まつげ)はマスカラをたっぷりと塗ったかのように長く生えそろい、大きな目を印象的に縁取っていた。

「さ、座ってください。私、今日が楽しすぎで、興奮したせいが、なかなか眠れなくて」

眼鏡を外しただけなのに、結菜さんの横顔には、妖しささえ漂っている。

いや、それだけなら、こうまで戸惑うことはなかった。それだけではないから。結菜さんの素顔が、あまりにも似ていたから、私も先生も、うまく動けずにいる。

結菜さんは、おとし亡くなった先生の奥様、柚子さんにぞくりとするほどそっくりだった。

先生は毒針でも刺さったように動きを止め、おそらく、息もしていない。

第三章　不都合な真実

買ったばかりの割烹着をおろした。藤色のリネンに一目惚(ひとめぼ)れした美しい一着だ。

季節はすっかり秋本番で空には鰯雲(いわしぐも)が泳ぎ、空気はどんどん乾いていく。

私の心からも、何だか潤いが失われていくような気がするのはなぜだろう。縁側に正座して洗濯物をたたんでいると、ちょうど結菜さんが通りかかった。

「あ、涼子さん、お昼ごはん、ありがとうございました。美味しかったです」

「いえ。お口に合ってよかったです」

結菜さんが笑うと、ぱっと空気が華やいだ気がした。あの夜、結菜さんは、眼鏡のフレームが壊れてしまったといい、以来、コンタクトで生活しているのだが、とにかく別人のように垢抜(あかぬ)けた。心なしか、洋服の着こなしまでも変わった気がするほどだ。

「今日も夕方まで二人でこもってますけど、お気遣いしないでくださいね。お茶なんかも私が運びますから」

「わかりました。ありがとうございます」

部屋にこもって一つの小説を完成させていく二人の姿が、勝手に映像になって脳内で流れはじめる。おでことおでこがくっつくほど原稿用紙をのぞき込んで、同じ文字を追う二人。いつしか二人の手は軽く触れ合い、手に手を取って見つめ合っているのだ。

——昼ドラでもあるまいし。

結菜さんの見目が麗しくなってから、妙にこういった生々しい想像が働くようになってしまった。どうにか洗濯物をたたみ終えてそれぞれの部屋に運んだところで、来客を知らせるチャイムが鳴り響く。

「はあい」

そういえば、もう川谷さんがやってくる時刻なのだった。

急いで玄関で出迎えるとやはり川谷さんで、やけに上機嫌で上がり框の上に腰掛けてこちらを見上げてきた。

「ビッグニュースです、平沢さん。なんと、『みんなの家事』の大重版が決まりましたよ！」

「え、ほんとですか⁉　大重版って——」

「はい、一気に五万部の増刷です。僕もこんな大きなのは久しぶりで、めちゃくちゃ興奮してます！」

　靴を脱いでスリッパに履き替えた川谷さんが、珍しく引き締まった表情を浮かべている。

「そこで、というわけじゃないんですが、そろそろ『みんなの家事』第二弾の刊行に向けて進んでいけないかと思ってまして。先生がまだ作業されているようでしたら、お茶がてら、僕達だけでお話しできませんか？　平沢さんと美空ちゃんがお好きなお菓子も買ってきましたし」

　川谷さんの手に掲げられていたのは、行列のできるプリン専門店の化粧箱だ。

「もしかして、秋期限定マロンプリンですか!?」

「はい。梨プリン、マロンプリン、カスタードプリンの三種類から選んでください。さ、打ち合わせに入りましょう」

　さすが編集者というべきか。川谷さんは普段はすぐ泣いたりして頼りないイメージもあるのだが、仕事に関してはこちらを上手く転がして書かせる手練れなのだった。

　プリンの味を邪魔しないよう、庭のペパーミントで微かに風味を付けただけのお水をグラスに注ぎ、存分に迷ったあとマロンプリンを選んだ。スタンダードなカスタード味を選んだ川谷さんと台所のテーブルについて、ほくほくと滑らかな口溶けを味わいながら、二巻目の趣旨について話す。

「前回は家事全般だったじゃないですか。今回は、大きなテーマを決めてもいいのかなと。たとえば、大掃除とか、衣替えとか、季節の区切りになるようなことです。春夏秋冬で四章に分けるなんて、どうですか？」

「あ、それは面白いですね。それぞれ気象条件も違いますし。冬は何と言っても家事の総決算でもある大掃除がありますし」

いくら丁寧に掃除をしていても、日々の汚れは積み重なり、年末にはそれなりになっているものだ。大掃除は、それらの汚れを一斉に清められるお掃除好きには垂涎の機会なのだ。もう毎日が年末だったらいいのに、と普段だったら思っている私なのに。

「平沢さん。平沢さん？」

「あ、はい」

おかしい。まったく胸の奥からこみ上げてくるものがない。燃え尽きた墨がぷすりと最後の音をたてて、細くて頼りない煙をたなびかせたのが見えた気がする。

私から家事への熱を取ったら、何も残らないはずなのに。そう言えば、今朝もあまり気合いが入らず、自分を盛り立てるために新しい割烹着をおろしたのだった。

「何だか元気がないみたいですね。もしかして、結菜さんに何かおかしな動きでもありました？」

「いえ、そんなことは。やっぱり川谷さんの勘違いだと思いますよ」

目が泳ぎ、心の奥がざらりとこすれる。

コンタクトになった結菜さんは、日々の散歩にも同行するようになっているから、川谷さんも彼女が華麗な変貌を遂げたことは知っている。

「まあ、赤の他人にしては、似てるといえば似てますね」

これが、コンタクトをした結菜さんを見た時にこぼした川谷さんの第一声だった。確かに、月光の薄明かりの下で見るのと太陽の下で見るのとでは、印象がかなり違っていたが、それでも一度あの衝撃を受けてしまえば、どうしても柚子さんを連想してしまう。

特に横顔のある角度は、太陽の下でも、かなり似て見えた。

「僕は、眼鏡を外した結菜さんを見て、ほとんど確信を持って黒だと思ってます。少し調査を進めているので、平沢さんも、先生に害が及ばないよう引きつづき注意を払ってください」

「え、調査って、一体何をしてるんです？」

「まだ言えません。でも僕、前は週刊誌勤務でしたからね。色々と伝手があるんです」

のほほんとした雰囲気に似合わず、一度、政治家の大スクープも上げたことがあるという川谷さんは、不敵な笑みを浮かべてみせた。

一方の私は、先生に害が及ばないようにと言われても家事しかできることがない。第一、結菜さんが先生に害を及ぼす存在だとは思えない。どちらかというと、先生もお楽しみのようだし。川谷さんには、先生と結菜さんが抱き合っていたことを告げていないからあんなことを言ったのだろう。

「あ、そうだ。今日はもう一つ、大事なお話があるんです。四井ホームさんって、聞いたことあります？」

「ええ、もちろん。有名なハウスメーカーですよね」

「その四井ホームさんが、女性チームをつくって、女性目線のアイデアをフルに活かした新しいブランドの家を起ち上げるそうなんです。で、そのチームに、ぜひ平沢さんに参加していただけないかと、うちの編集部経由でおうかがいが来てるんですけど、どうしますか？」

「ええ!? だって、私なんてただのしゅ――」

この言い方は先生に禁止されていたことを思い出し、危うく言葉を飲み込む。

「僕としては、悪い話じゃないと思いましたよ。平沢さんの能力をいかんなく発揮できるお仕事でしょうし、何より――」

「何より？」

「四井ホームさんは、お金払いがとてもいいんです」

「え、お金までいただけるんですか？」

川谷さんが口を半開きにしたあと、大きな声を上げて笑った。

「あれ、私、何かおかしなことを言いました？」

「いえ。その発言を聞いて、お金の交渉含めてお任せいただいたほうがいいかなと今思いました。美空ちゃんもいますし、家政婦のお仕事もあるしで、スケジュールの調整含めてやらせていただけたらと思ってたんですけど」

どうしよう、川谷さんが頼もしく見える。

「ところで、例のお見合いの件ですが、どうなってるんですか？」

週刊誌時代はこんな鋭い目をしていたのか、という顔になって川谷さんが尋ねてきた。

「ああ、ええと、まあぼちぼち」

「まだお断りしてないんですか⁉」

「はあ。特にお断りする理由がないというか、次のお誘いが家事ミュージアムだったので、つい」

「でも、結婚したいわけじゃないんですよね、その長内さんとか言う人と」

「彼と、というよりまだ誰とも結婚までは考えられないんですけど、向こうもあんまり深く考えなくていいと言ってくれてますし」

川谷さんが、ふうとため息を漏らす。

「まあ、僕がどうこう言う問題ではないんですけどねえ。ことは先生の原稿に関わるというか」

「はい？」

　こちらを見たあと、川谷さんが左右に首を振る。

「第一、家の空気が悪いです。先生もずっと微妙に機嫌が悪いですし」

「え⁉　そうですか？」

「何やら、会話が盛り上がっているようだな。もうそろそろ美空君も帰ってくるんじゃないのか？」

　いつからそこに立っていたのか、先生が突然、台所の出入り口で声を発した。びくりとして振り返ると、少し仏頂面のまま腕組みをしている。

「あ、あははは、先生、嫌だなあ、いるなら早く言ってくださいよ」

「お疲れ様です」

　先生の後ろから、結菜さんもちょこんと顔を覗かせた。

「あ、お仕事終わったんですか？」

　結菜さんに向けて強張（こわば）った笑みを向けたちょうどその時、玄関の開く音がして「ただいまー」と元気な声が響き渡る。

「あ、美空ちゃん、お帰りなさい」

　いの一番に出迎えに行ったのは、なぜか結菜さんだった。

「ねえ、結菜ちゃん、聞いて聞いて。今日さ、結菜ちゃんに教えてもらった技、みんなに披露したらすごいブームになったよ」

はしゃぎながら、美空が結菜さんと手をつないで台所へと合流してくる。

「でしょう？ あの技を入れると、ブレスレットとか一気におしゃれになるんだよ」

美空は、手芸でがっちりと心を摑まれてしまったらしく、結菜さんといる時間が長い。

そういえばお風呂に入る時以外、最近、母娘の会話があまりない気がする。

「さっそくだが、散歩に出よう。最近は日の落ちるのが早くなってきたし、君達の無駄話を待っている暇はないからな」

先生が皆に背を向けて玄関へと歩き出し、美空はランドセルを慌てて二階に置きにいった。川谷さんと結菜さんも早足で先生のあとを追っていく。

機嫌、悪いかな？ いつもの先生にしか見えないけど。

美空が二階から慌てて下りてくるのを待って、二人で玄関へと向かった。

「今日、学校楽しかった？」

「うん、まあまあかな」

靴を履き替えたあと、私にも件のブレスレットを見せてくれた。確かに、ビーズのパーツがシンプルな幾何学模様を繰り返しているのが美しく、素直に感心してしまう。

「色の組み合わせがいいね。シックだし、お店で売ってそうだよ」

「でしょう。結菜ちゃん、この他にも色んな技を知ってるんだよ。昔、家庭科の先生を目指してたみたい」

「え⁉ 嘘でしょ」

玄関を出て先を歩く先生と川谷さん、それに結菜さんのあとを追いながら、少し大きな声が出てしまった。慌ててこそこそとつづける。

「あんなにそそっかしいのに、家庭科の先生って」

「結菜ちゃん、手先が器用だし、お部屋とかすごい綺麗だよ」

「美空、部屋に入ったことあるの⁉」

「え、ママ、掃除しに中に入ってないの？」

「うん。だって、勝手に入るわけにいかないでしょう？ まさか美空、黙って忍び込んだわけじゃないよね⁉」

美空は、この家に来た当初、勝手に色々な場所を探り回った前科がある。まあそれは、私も同罪なのだが。

「違うよ。私はアクセのつくり方を教えてもらいに堂々と中に入ったの。ねえ、ママはさ、先生の家政婦さんじゃないの？」

「そうだけど、急にどうしたの？」

「家政婦さんって、色んな部屋をお掃除するのが仕事じゃないわけ？」

「そうだけど、いくら家政婦でも人様のプライバシーを侵害するわけにいかないでしょうってこと」

「はあい」

美空はつまらなそうに返事をすると、駆け足で先生達に合流してしまった。選手交代で、川谷さんが歩調を遅らせて先生達から離れ、私の隣に並ぶ。

結菜さん、先生、美空の三人に対して、私と川谷さんという並びで歩くのが固定になってしまった。三人の背中を見つめて歩くうちに、あちらは家族で、こちらは外部の人間という気分になってくる。

「少し急いだほうがいいかな、調査」

川谷さんが不穏な声で呟く。

「先生も幸せそうだし、美空も懐いてるし、いいじゃないですか。私、今後も収入が見込めそうなら、先生の家を出て通いでのお仕事に戻してもいいと思ってるんです」

実家に戻るのは気が重かったが、美空と二人で部屋を借りるのはありだ。先生からのお給料と家事の教室の収入を合わせれば、何とかやっていけないことはないはずだ。

一度思いついてみると、なぜ今までこのことを考えなかったのかという気がした。

そうだ。私はもう、ただの主婦じゃない。家事を仕事にしている主婦だ。

「それだけはダメです。ぜったいに止めてください！　先生、また荒れますよ。あの家をもう一度ゴミ屋敷にするつもりですか⁉」

「大げさですよ。それに、川谷さんはちょっと、先生に対して過保護すぎます」

先生はもう、かなり立ち直っている。少なくとも他の女性と抱き合えるくらいには。

——私もいい加減しつこいな。

川谷さんは、前を歩く先生の背中を見つめたままだ。

「ところで先生は何と言ってたんです？　お見合い相手とまた会うこと」

「そうか、とだけ。いい出会いならよかったじゃないか、みたいなこと言ってましたけど」

「何だか、原稿がすごく遅れそうな気がしてきましたよ、僕は」

「だから、さっきから何の心配をしてるんですか」

「先生と原稿です」

たぶん川谷さんは、自分のデータを、ぞっこんラブフォルダに保存しておくべきなのだ。


その夜、美空とお風呂に入ると、浴槽に浸かるなり大きなあくびをしていた。こちらもつられて大口を開け、脳へと酸素を送り込む。

「どうしたの？　お散歩、今日少し長すぎたかな？」

「ううん、そうじゃないけど。こう見えても、色々と気を遣ってるんだよね、私も」

「そ、そう。ずいぶんまた、大人みたいなこと言うんだね」

娘の思わぬ返事にたじろぐのと同時に、妙に感心してしまった。

「私のこともそうだけど、ママもちょっとおかしくない？　さっき気がついたんだけど、廊下に掃除機をかけ忘れてるところあったよ」

「え、嘘!?」

「私も頑張ってるんだから、ママも頑張ってもらわないと」

「はい。ごめんね、そうだよね。美空だって、毎日学校に行って、勉強して、友達と遊んで、頑張ってくれてるんだもんね」

川谷さんと同じような特大のため息が、美空の口からもこぼれる。

「そういうことじゃないんだけどなあ。ま、いっか。とにかく、今週末はデートなんでしょう？　先生にはもう言ったの？」

「うん、言ってあるよ。なんか、また美空をどっかに連れていきたいって張り切ってたけど」

「わかった。こっちは上手くやっておくから、ママもあんまり意地張らないでよね」

奥歯にものの挟まったような言い方が大人びていて再び感心してしまう——感心ばかりしている場合ではない。

「ねえ、美空。お散歩の時からなんだけど、なんか、ママに言いたいことがあるのかな？」

「さあ、どうかなあ」

「ええ、ちょっと、あなたってそんな物言いする子だったっけ？」

「ママこそ、そんなにうじうじしちゃってさ、前に戻っちゃったみたい」

痛いところを突かれて、言葉が喉につかえた。

美空が何を言わんとしているのか真意をはっきりと摑めたわけではないが、確かにこのところの私は、うじうじ、じめじめとしていて、季節外れの湿気のようだ。

何だか頭が回らないし、掃除に対する熱意も薄い。緑道の植物だけではなく私にも夏の疲れが出ているんだろうか。

もう、二十歳じゃないんだし。

頰を人差し指ではじいたら、ぷるんと音を出してたわみそうな結菜さんの頰が思い浮かぶ。

うなだれた私を哀れんだのか、美空ががらりと話題を変えた。

「そういえば、来週の授業参観は来てくれるんだよね」

「もちろん。読書感想文を読むんでしょう？」

「期待してて。私、文才あるかも。けっこう上手く書けたんだ」

「うん、楽しみにしてるよ」

この家に来てから、先生が亡くなった娘さんのために揃えた本の数々を美空は読みあさっている。この部屋に隣接した書架には、小さな図書館と呼んでも差し支えないほど児童書が並べられているのだ。それに、先生は私達親子が暮らすようになってから、書架に話題の児童書をどんどん追加してくれているし、川谷さんも、自社の刊行物で美空によさそうなものを見繕ってきてくれている。

もともとしっかりとした子だったが、大人びた言い回しが増えたのは、読書量が増えたせいもあるのだろうか。

「そういえばデートってどこに行くの？」

「お掃除ミュージアム。先生にいつも遊んでもらうのもあれだし、美空も一緒に来る？」

「え、やだよ。そんなお邪魔虫するの。ママ一人で行ってきて」

「お邪魔なわけないでしょ！」

ただ、冷静に考えてみると、美空が一緒というのは、向こうにしてみたら少し意味深かもしれない。変に子供との顔合わせのように受け取られても困る。

「でも、そうだね、今回はママ一人で勉強してくる」

「へ、勉強⁉」

「だって、お掃除ミュージアムだよ⁉　過去を知ることで、ママの家事にも深みが出てくるような予感がしてるの。すっごく楽しみなんだよね」

　下調べしたところによると、お掃除ミュージアムには、昭和初期から現在開発中の掃除アイテムまで時系列で展示してあるという。家事は日々の工夫の積み重ねだが、家電もおそらくまた然り。プロの目線で日々の暮らしにどう寄り添おうとしてきたのか、時系列で並んだ家電を見れば、機械に込められた人の思想が見えてくるはずだ。

「ママってほんとに、根っからの家事人間だよね。家事のことは天才なのになあ」

　呆れ顔の美空が、もう一度大あくびをしてみせる。

　今、美空からコヨーテに負けず劣らず見下された気がしたが、あんまり気にしないことにしよう。今日は、私も何だか疲れた。

　お風呂から上がったあとは、美空と二人、うつらうつらと髪をドライヤーで乾かし、布団に倒れ込むようにして寝入ってしまった。

*

　長内さんとの待ち合わせ当日、バッグにメモ帳と筆記用具、それに存分に写真を撮れるようスマートフォンの充電を万全にして、お掃除ミュージアムへと赴いた。美空や先生達は、今日は後楽園遊園地(こうらくえんゆうえんち)へ遊びに行くのだと、私より一時間も早く家を出たから、今頃アトラクションを楽しんでいる頃だ。

「涼子さん！」

ミュージアムのチケット売り場にほど近い場所から、長内さんが手を振ってくれる。

「あ、お待たせしてしまいましたか？」

「いえ、僕も今来たところです」

そう言いながらも、すでに買ってくれていたチケットとリーフレットを手渡してくれる。そつのなさに少し落ち着かない気持ちになったのも束の間、気持ちは館内に吸い寄せられていった。

「家電館とおそうじ館、どちらから回りますか？」

「おそうじ館からにしましょう」

「ですよね」

にやりと頷いてみせる長内さんには、一度しか会っていないにもかかわらず戦友のような連帯感を覚えてしまう。

やきもきしたり、イライラしたりしない相手って素敵だ。

思いながら、なぜか結菜さんではなく先生の顔が思い浮かんで戸惑った。

家電の歴史を紹介する家電館を素通りしてエレベーターで二階へと上がり、おそうじ館へと足を踏み入れた。

そこは、めくるめく夢の世界だった。

家事の天敵であるダニノミカビサビの発生メカニズムや、簡単なそうじから徹底掃除、あるいはプロに依頼する掃除まで、お掃除の種類別に、月ごとの回数、時間、箇所などを細かくガイダンスしてくれている。もちろん、家の汚れ別に、どんな成分の洗剤を使うべきかなど、基礎的な知識もまんべんなく解説されており、家事教室の授業にも活かせそうだ。

まさにお掃除好きには頷くしかないアドバイスの宝庫で、写真を撮る手が止まらなくなってしまった。

どれくらい時間が経っただろう。はっと我に返った時には、隣にいたはずの長内さんがいなくなっていた。

しまった!?

慌てて広い施設内を見回してみると、向こうからペットボトルのドリンクを掲げて歩いてくる長内さんの姿が目に入った。

「夢中だったから声を掛けないほうがいいかと思って。はい、これ」

「え、私にですか」

「館内、けっこう乾燥してますよ。喉から風邪を引かないように、飲んでおいたほうがいい。教室とか、家政婦さんのお仕事とか、休めないですよね」

「ありがとうございます」

おずおずと手を伸ばすと、ひんやりと冷えた水が手の平に心地よかった。興奮して、手の先にまで熱がこもっていたらしい。

「本当にお掃除好きなんですね」

「すみません、私、つい集中してしまって」

「いいんですよ。僕も最初に来た時は同じ状態になりましたから」

「え、長内さん、ここに来たことあるんですか⁉」

「はい。でも、何度来ても楽しいですから、まったく気にしないでください」

それからの時間は、本当にあっという間だった。

長内さんと、衣類をたたむ十の方法というコーナーで意外なたたみ方を試したり、世界のアイデアお掃除グッズコーナーで大人買いをしたり。掃除機を使ったお掃除対決コーナーでは、私が僅差で負けてしまった。隅に落ちていたゴミを少々、見落としていたのだ。

「やった、プロの平沢さんに勝ったって自慢しまくります」

大人の顔を脱いで、子供のように笑った長内さんが一瞬可愛く思えてしまう。

それでも次の瞬間、後楽園ではしゃぐ美空と先生、それに結菜さんの姿が、かなり生々しく思い浮かんだ。

私、何をやってるんだろう。

「平沢さん、少し疲れました？　カフェコーナーで休みませんか？」

「え？　あ、そうですね」

先生達のことを思い出した途端に、気持ちが沈んで黙りがちになってしまっても、長内さんは一向に気にする様子がなく、穏やかに、時に激しく掃除愛を語っている。

不思議な人だな、と知らずに見つめていると、長内さんがはっと目を見開いて頭を掻いた。

「すみません、家事のプロ相手に家事の話なんて、釈迦に説法ですよね」

「いいえ、そんなことないです。すごく興味深かったです」

「無理しないでください。僕、子供の頃のあだ名がじゃぶじゃぶだったんですよ。実家がクリーニング店だったということもあるんですけど、もっと大きなきっかけは、クラスのお掃除当番で几帳面に雑巾を洗った姿をからかわれたんです」

「うそ。私も似たような理由で、あだ名がツルツルでした」

驚きに打たれた私の声を聞いて、長内さんが声を上げて笑う。私も、今度こそ心から笑った。こんな同志みたいな人に、大人になってから会えるとは思っていなかったから、素直に嬉しい。

「いやあ、小学生の時に会いたかったなあ」

「多分、一緒にバカにされてましたよね」

「何にしたって、やっぱり一人より二人がいいですよ」

突然、気詰まりなほどじっと見つめられてたじろいだ。ふっと表情を和らげ、長内さんが告げる。

「ところで、幕張メッセで家電ショーというのがありまして」

「何やら魅力的な響きですね」

「世界各国のメーカーが最新鋭の家電をブース展示するんです。通常、商談ベースの場所なので業界関係者しか入場できないんですが、コネを使ってチケットを二枚手に入れました。行きますよね」

「行きます」

同志の誘いならば間違いない。今さっきの長内さんの視線にどことなく不穏な胸のざわめきを感じながらも、頷いてしまっていた。

私は、本当に何をやっているんだろう。

わからないまま、流されていく。最近、胸の中を支配しているどうとでもなれという自棄気味な気持ちが、さらに濃度を増す。灰色に霞む胸の奥に、先生の端整な横顔がちらついた気がして、抑えきれなかったため息がほんの微かに口からこぼれた。

その日、五時頃に家に帰ると、美空達はもう戻ってきていた。

「あれ、どうしたの？　夕飯食べてくるって言ってたのに、早かったね」

「それが、結菜ちゃんが風邪引いて頭が痛くなっちゃったみたいで」

「え、大丈夫なの!?」

「うん。先生が今、お薬運んでる」

コヨーテのとげとげの舌が、心臓の上辺りを強く舐めていったような気がした。

「ママに連絡しようと思ったんだけど、先生が邪魔しないほうがいいって」

「そう。取りあえず、美空は宿題をやっちゃいなさい」

そのまま、台所で夕飯の準備に取りかかった。豆腐ハンバーグを手早くこねたあと、応接間のドアをノックする。

「すみません、今いいですか？」

「早かったな。夕食を食べてくるかと思っていたのに」

出てきたのは先生で、それ以上は入ってくるなと言わんばかりに、ドアの前に立ちはだかっている。

「いいえ、少し家事教室の準備もしたかったですし。それより、結菜さんは大丈夫でしょうか。もし何か食べられそうだったらお粥か何かを用意しようと思ったんですけど」

「涼子さん、すみません。私のことだったら気にしないでください。ちょっと今日は食欲もないですし」

　奥から少ししゃがれた弱々しい声が響いてきた。

「何かは口に入れたほうがいいんですけど。あ、先生、ちょっと台所まで来ていただけますか？」

　先生は頷いて応接間のドアをそっと閉めると、あとをついてきた。

「ところで、どうだったんだ、今日は」

「え？　あ、ああ、ええと、ものすごく家事教室の参考になりました」

「は⁉　君は一体、何のために出かけていったんだ？　見合い相手と親交を深めるためじゃないのか？」

　台所に入った私を見下ろして先生が呆れ顔をする。

「次の約束はしたのか？」

「はい。次は家電ショーに」

「――また掃除関係か。相手はよほど優しいのだな」

　冷たい人ではないと思うが、芯から優しいかどうかわかるほどには知り合っていない。私は先生ほど、異性と仲を深めるスピードが速くはないのだ。

　心の中だけで皮肉を言いながら、冷蔵庫のドアを開け、大根とレモンを蜂蜜に浸けたタッパーを取り出す。中から小皿に少し分けて、先生に手渡した。

「これ、喉の消毒にもなると思うので結菜さんに渡してあげてください。あとはゼリー飲料も口にできるようだったら」

言いながら、冷やしたビタミン入りのゼリー飲料も先生に持たせてやる。

「すまないな。おそらく疲れが出たんだろう。彼女も色々あったから」

「色々あったって、何かご存知なんですか」

先生は一瞬目を泳がせたあと、「色々乗ったろうから、と言ったんだ。今日のアトラクションの話だよ」と答えて、そそくさと去っていった。

先生、嘘が下手すぎだよ。

嘘をつくことを生業にしているくせに、あまりの苦しい言い直しに、かえって呆然と見送ってしまった。私の知らない結菜さんの色々なあれこれをきっと先生は知っているのだ。

「ナァァァァン」

コヨーテが、すりすりと足下に体をこすりつけたあと、そのままちょこんと脇に留まる。

「先生と結菜さん、色々とお話ししているみたいね」

そのことがなぜこんなに胸に堪えるのだろう。理屈に合わず、自分でも戸惑ったままだ。

ゆっくりとコヨーテの脇に腰を下ろすと、頭を指で掻いてやった。ごろごろと喉が鳴り出し、神秘的な青い目を細める姿に、しばし慰めを得る。

慰め？　そもそも私は何に傷ついているというのだ。

その後、主に先生と美空の会話で盛り上がりながら夕食を食べたあと、早々に寝ることにした。美空は布団に入ってすぐに寝息を立てはじめたが、私はなかなか瞼が重くならず、何度も寝返りを打ってはため息をつく。

もう何度寝返ったかわからなくなった頃、のそりと起き出して、水を飲みに下りた。ぎいぎいと微かに廊下を鳴らしながら歩き、台所まで辿り着くと灯りが漏れている。

結菜さんが、冷蔵庫の中を覗いていた。

「あれ、結菜さん、もう大丈夫なんですか？」

「はい、すみません、ご心配おがけして」

「お腹空いたんですか？」

近づいていくにつれ、結菜さんがゆっくりと顔を歪ませはじめる。

「大丈夫ですか⁉」

「ハック」逃げようと思ったが間に合わない。

「ション！」風邪の相手から特大のくしゃみを浴びてしまった。

「ず、ずびません」

必死で謝る結菜さんは、やはりすっぴんでも美しい。

そりゃ、傍らにいて看病のひとつもしたくなりますよね。

内心のぼやきともつかない声が聞こえたのか、結菜さんが情けなさそうに俯いた。

「先生にもご迷惑をおかけして。ただでさえ、育児の手伝いやら家事教室の人の出入りやらで原稿が遅れでるって言ってだのに」

そこまで言って、結菜さんがぱっと口を両手で覆った。

「すみません、私がこれ言ったごと、先生には内緒にしてください」

いや、そうじゃなくて、くしゃみがかかったことを先に謝罪する場面ですよね。

急いで顔を水で洗い流し、念のためうがいをした。十分に口をゆすぎながら、今さっき聞いた言葉の意味が染みこんでくる。

つまり、私のせいで、原稿に遅れが出ているってこと？

「先生、本当にそんなことを言ってたんですか？」

まだ冷蔵庫をあさっている結菜さんが、こちらに向き直った。熱のせいか、頬がほんのりと上気している。

「はい。かなり原稿遅れでるみたいです。本当は今頃、方言の監修が終わって私も出ていくはずだったんですけど」

「そう、ですか」

結菜さんが部屋に戻っていったあと、綺麗に磨き上げられたシンクを、意味もなくもう一度スポンジでこすった。ごしごし、ごしごしと磨くのに、こすり落としたい汚れは消えなかった。

＊

翌日、皆と朝ごはんを終えたあと、冷蔵庫の大掃除に取りかかった。

大掃除のシーズンに冷蔵庫も掃除しようとする人は少なくないが、冬は何といっても寒い。冷たい場所を掃除するのは心理的にどうしても億劫になってしまう。だから私は、まだ薄い長袖でも心地よく過ごせる今のシーズンに、冷蔵庫や庭先など寒い場所の大掃除を終えてしまうことにしている。

まずは電源を切ったあと、中身をすべて外へと出す。冷凍食品や肉類などの冷蔵食品は保冷パックとともにクーラーボックスにまとめ、野菜類も一旦、テーブルの上に避難させた。日頃から賞味期限のパトロールは欠かしていないが、それでも、監視の目を逃れて生き延びている食材や調味料がないかチェックし、あれば捨てる。

「あ、唐辛子の期限、切れてた」

何だか唐辛子を一気に食べたい衝動に駆られ、危うく思いとどまる。冷凍食品はあまり使わないが、ここでも期限の危ういブルーベリーが見つかって、今日、ヨーグルトにでも混ぜて食べることにする。

トレーやケースをすべて取り外して綺麗に洗剤で汚れを洗い落とし、台所用の漂白剤を希釈してつくった液をスプレーして、から拭きする。

野菜についていた細かな土汚れやら細かな葉、いつの間にかついていた液体の細かな飛沫がきれいになると、プラスチックの棚が新品同様のクリアさを取り戻して気持ちがいい。

冷蔵庫の内側は、いつもこれでもかと活躍してくれる重曹スプレーを噴射して、食べ物や油の汚れをすいすいと落としていく。重曹には消臭効果もあるから、冷蔵庫の掃除にも欠かせないアイテムだ。先ほどと同じように漂白剤の希釈スプレーを噴射して拭き上げ、製氷フィルターも水洗いする。あとは、冷蔵庫の天板やドアなどの表面も重曹スプレーで磨きあげればお終い(しま)いだ。

言ってみれば単純作業の繰り返しなのだが、けっこう骨が折れる。黙々と洗っては拭き、ようやく作業に終わりが見えてきたところで、集中が途切れたのか、余計な思考が紛れ込んできた。

それまで小気味よく動いていた手が、急速にスピードを緩める。

先生が、美空の相手や私の家事教室の雑音で執筆が遅れていると、結菜さんに愚痴を？　だってそんなの、言われなくてはわからない。むしろ、美空と一緒に出かけたくて仕方がない様子だったのに。家事教室だって、ここを使えばいいと先生から勧めてくれたのに。

無愛想で気難しいが、近しい人にはこちらが心配になるほど無防備に優しい。先生はそういう人だと思っていたのに、違ったの？　裏では、私達のことを迷惑に思っていたってこと？

頭を大きく振って、ムキになって冷蔵庫のドアや天板を拭いた。

ピカピカに磨き上げられた冷蔵庫の中に、一旦外に出していた食べ物を戻していく。

掃除をしたあとも、こんなにすっきりとしない気持ちを抱えているのは、もしかして初めてのことかもしれなかった。

結菜さんからあんな話を聞いた午後に限って、家事教室があった。

軽く頭痛がして、念のために風邪薬を飲み、マスク姿で生徒さん達の前に立つ。

生徒二人からはじめた家事教室だが、今では毎回五人ずつ。出版物のおかげか、新規募集をかけるといつもすぐに満員になってしまう。

「それでは、今日は衣替えについて、考えてみたいと思います。ちょうど、私が衣替えを終えたばかりの衣装ケースがあるので、ここに出してあります。こちらが、ええと春夏で、こっちが秋冬ですね」

　生徒さん達に見せると、皆、微妙な顔をしている。

「どうしました？」

「先生、それ、多分、逆です。こっちが春夏でこっちが秋冬ですよね」

「あ、そうでした。ごめんなさい」

　しかも、除いておくはずだった下着類のボックスが入ったままだったことに気がついて小さな呻き声を上げた。ケアレスミスを連発しながらどうにか教室を乗り切ったが、何だか頭がぼうっとする。嫌な予感がして台所で熱を測ってみると、三十七度八分あった。

「嘘でしょ。明日、授業参観なのに」

「どうした、何かあったのか」

　尋ねながら、先生が片眉を上げ、ずかずかと近づいてきた。

「な、何でもありません」知らずに半身を引いたが、先生の大きな手がおでこに当てられた。

「結菜君から伝染ったな。散歩や夕飯のことはいいから、今日はもう休みなさい。美空君には外で何か食べさせてこよう」

「止めてください、そんなご迷惑かけられませんから」

だって、陰で原稿が遅れてるだなんて愚痴をこぼしているんでしょう？

「美空の世話はちゃんとやりますから。ただ、今日の夕方は家事のお仕事を病欠させてください」

「何を意地になっている。普通の会社員とは違うんだ。休んでももちろん構わないし、美空君の面倒は俺が見るから問題ない。もう寝たほうがいい」

「いえ、そういうの、困りますから！」

揉めているところに、ちょうど美空が帰ってきた。

「ただいまー！　あれ、どうしたのママ、マスクなんてして」

美空のはしっこい目が、テーブルの上に放り出されたままの体温計を捉える。

「もしかして風邪引いた⁉　明日、授業参観なのに⁉」

「そうなのか。だったらなおさら早く寝たほうがいい。美空君は俺と夕飯を食べに出かけようか」

「え、ほんと⁉　じゃあ、いつものおそば屋さんがいい」

「ちょっと美空！」

立ち上がりかけて目眩がし、すとんと椅子に腰が落ちた。そらみろ、という先生の厳しい目を頭頂に感じたが、言い返す気力も湧いてこない。

それでもやっぱりダメだ。これ以上、先生の原稿を邪魔するわけにはいかない。立ち上がって美空の面倒を見なければ。

足に力を入れ、背もたれに手をかけて立ち上がったが、途端に、頭の中に小さな渦巻きが生まれ、視界がぐるりと回転する。目の先にいるはずの先生の顔が、どんどん遠ざかっていった。

*

ずっと上のほうに明るい光が現れたかと思うと、急速にそちらへと引き上げられ、ぐんぐんと意識が浮上していった。

「喉、渇いた」

すっかり見慣れた先生の家の天井。窓からは朝日が差し込んでいるが、日がもう大分上がっている!? 驚いて半身を起こしたはずみで、こめかみがひどい二日酔いのように疼いた。

全身がだるく、やや寒気がする。時計の針は七時半。あと三十分で美空の登校時間になってしまう。隣の布団はもぬけの殻で、美空がもう階下にいるらしいことがわかった。

どうにか頭痛をごまかしごまかし、いつもより数段重く感じる体を一階へと運んでいく。台所から、お味噌汁の匂いが漂ってきて、驚いて顔を覗かせると、あり得ない光景を目にしてしまった。

結菜さんが、調理をしていたのだ。

「おはようございます。具合、大丈夫ですか？」

「あ、はい。でも、結菜さんこそ、もう平気なんです？」

「私はお陰さまで。あ、あちっ！」

危なっかしい声を上げる結菜さんに、すかさず先生が駆け寄る。

「火力が強すぎる。炒り卵は最初だけ強めにしておけばあとは余熱で十分火が通る」

「ママ、まだ寝てて大丈夫だよ。私はもう準備ができてるし」

すまし顔でサラダを食べているのは美空だ。お皿の空いているスペースに、たった今仕上がったばかりの炒り卵を先生がよそってくれた。

「さて、平沢君はその様子だとまだダメなようだな。食欲も湧かないだろう」

「ええ、ちょっと」

食欲どころか、食べ物の匂いがつわりの時のように不快に感じる。不快の元はそれだけでなく、台所に立つ結菜さんの姿だった。私は単なる家政婦なのに、やはり彼女が、自分の城にずかずかと入り込んできた侵入者のように感じてしまう。

熱に浮かされた頭で、ゆっくりと結菜さんに近づいていった。

「あ、結菜さん、そのお鍋はそこに戻さないでください。それから、そのお皿で卵を溶くんじゃなくて、こっちを使って。スポンジも、それはお皿用じゃなくて、シンクの掃除用です。水切りの食器、全部洗い直すので、そのままにしておいてください」

　一気に告げる私の目の前で、結菜さんは怯えた表情で立っている。

「ママ、ちょっとどうしたの？」

「どうもしないよ。とにかく、あんまり余計なことしないでください。これ以上、家事のペースが乱されるの、困るんです！」

「あの、私、すみません！」

　結菜さんは一瞬俯いてみせたあと、スリッパの音を響かせて走り去っていった。よりによって、ガスが点けっぱなしになっているのを、大きな音をたてて止めた。

「言いたいことを言って、満足か？」

　先生の平坦な声で、我に返った。

「ママ、今のはないんじゃないの？」

「いいから、美空は準備をつづけて。ママもあとから授業参観で行くからね」

　強引に会話を終わらせようとすると、先生が割り込んできた。

「その状態で授業参観は無理だろう。さっき、三人で相談したんだが、平沢君の了承さえもらえたら今日は俺が行く」

「そ、それは、困ります！」

「なぜ。君が行けなかったら、美空君は一人だ。後ろを振り向いても誰もいないんだぞ。可哀相だと思わないのか」

「ですから、行けます。このくらいの熱」

床を踏みしめようとしたのに、ふわふわと頼りない。目眩に襲われているのだと気がついた時には、もう立っていられず、床にへたり込んでしまった。

「ママ、大丈夫⁉」

辛(かろ)うじて頷いたが、もちろん大丈夫ではなかった。

ふわりと体が持ち上げられる。

「美空君、君達の部屋に布団はまだ敷いてあるのか？」

「ううん、もうママが上げちゃったと思うけど、もう一度敷くね」

頼んだ、と答える先生の声が近い。日向に干した洗濯物の香りは、先生のジャージのものだろうか。どくん、どくん、と心臓の打つ音は、私のもの？　それとも先生の？

うっすらと目を開くと、どうやら私は先生に抱きかかえられ、階段を昇っているらしい。どちらかの心臓がますます強く打っている。血が全身に運ばれていく。

頭の中で渦が巻き、やがて視界が完全に閉ざされた。

再び意識が戻った時には、汗をぐっしょりとかいていた。

「目が覚めたか」

答える前に、先生の大きな手が額にそっとかぶさってくる。

「熱はもうないようだな」

「何をやってるんですか？　こんなところで」

「別に。自分の家で何をやっていようが勝手だろう。さあ、水分を摂ったほうがいい」

差し出された水は、枕元で冷やされていたものらしく、身を起こして一口含むと、心地よさが全身に広がっていくようだった。

「私は大丈夫ですから。もう大分楽になったみたいですし」

ちらりと目覚まし時計に目をやるとお昼過ぎで、今から準備すれば二時からの授業参観に出席できそうだった。

「平沢君が何を考えているか手に取るようにわかるが、今日はダメだ。寝ていろ。俺が君の代わりに行ってくる」

「だから、先生にそんなご迷惑をかけられません」

「行きたいんだ」

声をかぶせるようにして、先生が告げた。

「自分の子の参観日には、ついに一度も行けなかった。俺は今よりずっと忙しくて、ぴりぴりもしていたし、決して理想的な父親じゃなかった。だから——」

先生は窓の外ばかりを熱心に見ていたから、よく表情を見ることはできなかった。

「だから、美空君の年嵩（としかさ）の友人としてでも、出席させてもらえたら光栄だ」

「そんなの、変です。世間の目だってありますし」

ひゅっと先生が息を吸った気配がした。

「そうか。確かにそれはそうだな。君達に迷惑をかけるのは本意じゃない」

目に見えて気落ちしてしまった先生に、今度は慌てて慰めの言葉を掛ける。

「あ、いえ、そういう意味じゃなくて。先生はお立場のある方だし、私達にじゃなくて先生にご迷惑がかかるんじゃないかと」

がっくりと落ちていた肩が、見る間に上がり、先生がにっこりと微笑んだ。

「私の立場なら問題ない。君と違って盤石だ」

それはそうかもしれないけれど、普通、口に出しますか？

何も言えないでいる私に対して、先生は真顔に戻ってつづけた。

「冗談はさておき、そろそろ時間だから支度をして出かけてくる。それと、結菜君には遣いを頼んであるから、夕方まで戻ってこられないだろう。一人でゆっくり休んでいるといい。落ち着いたら、きちんと声をかけてあげなさい」

まるで幼子に諭すような口調に、返事もできないまま俯く。

さっき結菜さんに投げかけた心ない言葉の数々が甦ってきて、布団に潜り込んだまま消えたくなった。あれでは完全に、性悪の小姑だ、いじわるなお局だ。先生も美空も、さぞ呆れたに違いない。

「それだけですか？　さっきの私、最低だったのに」

先生は特に否定もせずに頷いた。

「そうだな、あれは酷かった」

「すみません」

先生の大事な方に嫌味を言ってしまって。

こんな時まで拗ねた自分が顔を出す。今度はまるで幼児だ。

「謝る相手が違うだろう。あと少しだろうが一緒に暮らす相手だ。わだかまりは解消しておいたほうが、お互いに気持ちがいいだろう」

こちらを見下ろす視線が、ずいぶんと柔らかい。先生のこんな顔を、久しぶりに見た気がする。

「俺は取りあえず行ってくる。君はとにかく寝ていなさい。さあ、早く」

先生は、布団の傍らに立ち座りをしたまま、私に布団の中へ戻るよう促した。

戸惑いながらも再び肩から布団に潜り込むと、先生は「よろしい」と満足げに呟き、幼児にするように額をひと撫でして部屋を出ていった。

その思いがけない仕草に戸惑ったまま、言葉を失う。

今さっき先生の触れた額が熱い。

あと少しだろうが、と先生は言った。結菜さんと暮らすのはあと少し。それじゃ、先生と結菜さんは、どうするのだろう。結菜さんは、住み込みではなく、これからここへ通ってくることになるのだろうか。もはや、弟子とかではなく、先生の恋人として？

眼鏡を外して、嘘のように美しくなった結菜さんが先生と微笑み合っている脇で、私は部屋を掃除したり、台所に立ったりするのだろうか。

別にいいじゃない。それが家政婦というものだし、雇っていただいているだけでありがたいと思わなくちゃ。

いや、よくない。断じてよくない。成長した美空の姿を教室で見学できる唯一の日なのに。ものすごく楽しみにしていたのに。絶対に結菜さんのくしゃみで伝染されたに違いない風邪のせいで、ぜんぶ流れてしまった。

恨みがましい気持ちと一緒に、どろどろとした熱が昇ってくる。それとも、この恨みがましさを解毒するために、熱もまた上がってきたのだろうか。

しばらく天井を見つめたあと、ぐったりと目を閉じると、台所に立つ結菜さんの後ろ姿や、先生と二人で顔をつきあわせて原稿を直す姿、私の年齢を三十半ばなのかと尋ねて来た時の無邪気な表情が映画の予告編のように次々と流れていった。

途中から、結菜さんの姿は先生と二人の姿に変わり、やがて、抱き合っていた二人の姿になって停止する。

二人は今、お互いをどう認識しているのだろう。

熱が上がる。先生が触れたおでこに自分でも触れようと腕を上げたいのに、重くて上がらない。水が欲しい。

先生と結菜さんが抱き合っていた。それがどうだというのだ。私は、ただの家政婦だ。先生とは雇い主と家政婦の関係だ。だから、あの二人に対して、どうのこうの言ったり思ったりする権利もない。

苦しい。今頃、先生は授業参観の真っ最中だろうか。

行くと言ってくれた時、本当は少し嬉しかった。結菜さんが現れても、雇い主でも、相変わらず私達親子にとって、近しい人なのだと言ってもらえたような気がしたから。

そうか。私はほんの少し寂しかったのかもしれない。

離婚後、弱って休眠活動をしていた場所が変わっていくことや、先生に大切な誰かができることが寂しくて、その寂しさが怒りになって結菜さんに向かってしまったのかもしれない。

怯えた顔をさせてしまった。

「謝らなくちゃ」

うわごとのように呟いたのを最後に、またしばらく寝入ってしまったらしい。

目が覚めると、再びぐっしょりと汗をかいており、喉がからからに渇いていた。

先生が置いていってくれた水差しからグラスに水をそそぎ、一気に二杯ほど飲み干す。

立ち上がると、格段に体が軽くなっており、熱が大分下がったことがわかった。

まだ午後四時で、思ったほど時間は経っていない。

先生が戻ってくるのは五時くらいだろうから、先にシャワーを浴びるために階下へ向かい、何気なく応接間に目をやった。

「あれ、ドアが開いてる」

吸い寄せられるように、ドアの前まで歩いていった。結菜さんが来てから、基本的にはずっと閉じられていた扉だ。

その間、掃除はどうしているのだろう。美空はきちんと中が片付いていると明言していた。掃除に関しては目の肥えている美空が言うのだから、かなりの精度で整っているのだろう。

ついに興味を抑えられなくなり、既に開きかけていたドアをそっと内側へと押した。

「ナァァァァン」

ココーテがすでに中に入り、六角窓のカウンターに寝そべっている。

「こら、おまえね。部屋のドアを開けっぱなしにしたのは」

久しぶりに入った応接間は、布団を敷くために家具類が隅に寄せられ、結菜さんの執筆修行のために細長い作業机が運びこまれている。その上には、モバイルパソコンが一台と、先生が使っているのと同じメーカーの原稿用紙が白紙のまま載せられていた。

その脇のボックス棚には、アパレルショップ並みにきちんとたたまれている洋服類が重ねられ、下着類に関しても、ボックスに分けられ布をかけてあった。来た時に引いていたトランクは、几帳面に角のほうへと置いてあるし、自分で調達したのか、箒とちりとりも脇に置いてあり床にはちり一つ落ちていなかった。

「これが、結菜さんの部屋？」

いつも何かを手伝ってくれようとする度に、うっかりミスを繰り返して食器を割ってくれた子が、こんなに整理整頓の行き届いた部屋に住んでいることが信じられない。

再びデスクの上に目をやると、ノートパソコンは白く明滅し、スリープ状態であることがわかった。

——その人、賭けてもいいけど、書いてないですよ。

幸ちゃんの声が再び甦ってきて、ごくりと唾を飲み干す。

ダメだよ。この部屋に入ってきたこと自体、すでに一線を越えているのに。

それでも、小さなライトはゆっくりと点滅を繰り返し、無言の誘惑を仕掛けてくる。

ちょっとだけなら。そう、ちょっと覗くだけ。

危うくPCに手を伸ばしかけ、はっと我に返って指先を引っ込めたその時だった。

「誰⁉ 涼子さん⁉」

いつの間に戻ってきたのか、結菜さんがドアの前に立ってこちらを凝視している。

私の手はまだ、中途半端にＰＣに向かって伸びたままだった。

「あ、あの、ごめんなさい。私、つい、部屋の掃除が気になってしまって。その、ずっとこの部屋を掃除してなかったし」

いつもの結菜さんだったら無邪気に「そうですか」と返してくれそうな場面だが、今回はそうではなかった。こちらを見据えている瞳には、確かに微かな軽蔑が混じっている。

「勝手に入ったりして、本当にごめんなさい」

頭を下げると、くすりと笑い声が振ってきた。

「結菜さん？」

「私、涼子さんは素晴らしい家政婦さんだと思います。でも、小説家の家政婦としては、いいえ、山丘周三郎先生の家政婦としては、完全に失格ですよね」

いつも人の好い笑みを浮かべていた結菜さんの表情が、面を付け替えたように厳しいものへと変化していく。

「失格って、いきなりそんなことを言われても」

「まず、私の部屋にずかずかと入り込んで平気な顔でいるその様子だと、先生の部屋にも入り込んでますよね」

本当のことなので、何も言えなかった。この家に来たばかりの頃、先生の亡くなった娘さんのお部屋を勝手に覗いたし、先生の仕事部屋にも理由あって押し入ったことがある。今も、仕事部屋は立ち入り禁止にもかかわらず、無理に入って月に一、二度は掃除をしている。

「先生は日本文学界の宝なんです。優しい方だから何もおっしゃらないかもしれないけど、涼子さんと美空さんに関わって、かなり原稿に支障が出てます」

「支障って、この間言ってた、遅れてるってこと？」

「それだけじゃありません！　質にも影響が出てるって、ファンの間ではもっぱらの評判です。復帰してからの先生のエッセイが、以前とは違うって。でも私は、この家に来るまでそんなの家政婦さんのせいじゃないって思ってました。でも間近で見て、書き込みの噂は本当だって思いました。先生の書く時間を削って、家政婦の領分を越えて先生のプライベートに入り込んでて」

先生の書く物の質が下がった？　私と美空のせいで？

よしんば美空のお世話をお願いして執筆時間を幾ばくか削ってしまったことは認めるが、それがなくたって、先生はけっこう執筆をさぼって昼から飲んだり、やけに長い散歩に出かけたりしている。

反発が顔に出たのか、結菜さんが救いようがないといった視線をこちらに向けてきた。

「言っておきますけど、先生が散歩したり一人飲みをしていたりするのは、すべて創作の肥やしです。頭の中で構想を練ったり、小説を読んだりしてるんです。子供の世話をしたり、家政婦のわがままを聞くのとはわけが違うんですよ」

「わ、わがままって――」

私がいつ、どんなわがままを言ったのだろう。だいたい、好きに言っているが、この人だって先生の家に突撃してきたのだ。同じように時間を奪って心を煩わせたくせに！

少しは言い返してやろうと息を吸った瞬間、ほんの僅か、私達の間に沈黙が訪れた。

結菜さんが、先生の奥様に似た面差しを向けて静かに声を発する。

「出ていくべきだと思います」

「はい？」

「先生はああいう人だから、ご自身の創作を犠牲にしてでも、涼子さんと美空ちゃんの面倒を見ようとしてしまうはずです。だから、取り返しがつかなくなる前に、涼子さんのほうから出ていってくれませんか」

この家の主でもないのに、どの立場でそんなことを言い出すのだろう。この人の言っていることはおかしい。

理性的に彼女を捉える一方で、本当にそうすべきなのかもしれないと思う自分もいた。

先生がどう思っているかは別にして、私と美空が先生の創作時間を奪っているのはおそらく事実だ。放課後、美空の宿題を見たり、一緒に図書室にこもって何やら本を選んだり、何なら私が家事教室で手が離せない日は、二人でお茶をしに行くこともある。特にここ最近は、お見合いに協力したせいで、土曜日を丸ごと美空と遊ぶことに費やしたりもしていた。

そのせいで、原稿に遅れが出ているのは、嘘ではないのだろう。

「涼子さん？　聞いてます？」

尋ねてくる声で我に返った。

「え、ええ、聞いてます。この家を出ていく云々(うんぬん)については——私の雇い主は先生なので、あくまで先生が判断することだと思います」

淡々と返答すると、結菜さんの頬に痙攣(けいれん)が走った。

「だから、そこを察して出ていくのが、ああいう特別な才能の持ち主のそばにいる人間の義務じゃないですか。涼子さん程度の家事なんて誰でもできるけど、先生みたいな小説を書ける人は先生しかいないんですよ⁉」

今さら気がついたが、結菜さんの口調からは東北訛り(とうほくなま)がきれいに抜け去り、頬を赤く染めた顔は、この家に来た時の垢抜けない女性とは別人のように洗練されていて美しい。どちらかというと、むしろ都会的といっていい姿に変わっていた。

結菜さんの変化に驚かされてうまく反応できないまま立ち尽くす。

「平沢さんの考えはよくわかりました。文学の価値がわからない人に何を言っても無駄みたいですね。それじゃまずは、この部屋から出ていってください」

あとは背中をぐいぐいと押され、応接間から追い出された。

勝手に部屋に入ったことだけを責められていたら、しおらしく反省だけしたかもしれない。この家を出ていくことが、まったく私の中に選択肢としてないわけでもない。

ただ、あそこまでこちらをないがしろにした発言をされたことに対して、私は、怒りよりも強烈な違和感に包まれていた。

整合性がない。きっちりと揃えてたたんだ上着の中に、一枚だけ紛れ込んだボトムスがあるような。高さをそろえて並べた書籍の真ん中に、一冊だけ背の高い本が混じっているような、そういう類の気持ち悪さだ。

今の場合、無神経な発言を繰り返すことはあっても、基本的には純朴で攻撃性のなかった彼女が突然見せたあの鋭い牙、そして何より――いや、考えすぎだろうか。

「結菜さん、あなた一体、何者なの？」

大きな音をたてて閉まったドアを見て尋ねたが、もちろん返事はなかった。

夕方五時頃、先生が授業参観から戻ってきた。

結菜さんは、先ほどのことは夢だったとばかりに満面に笑みを浮かべ、東北訛りの娘さんに戻って、玄関で先生を出迎えている。

「さ、先生、美空ちゃんの授業のごと、教えでください。ああ、私が行きたかった！」

「ああ、あとで夕食の時にでもな」

先生に笑顔を向ける一方、ご丁寧に私に対しては、さっきのことを告げ口するならどうぞ、とでも言いたげに不敵な流し目をくれた。そんなつもりはない。それこそ、先生の邪魔になるし、これはあくまで私と結菜さんの問題だ。おそらく向こうも、私の出方を予想している。

あの片付いた部屋の主なら、そういう思考をするはずだ。

「ところで平沢君、少し話せるか」

「え？　はい、大丈夫です」

先生は、台所へと私を誘った。玄関から去る私達の後ろ姿に、結菜さんからの鋭い視線が刺さる。

先生、あなたのファンが、いや、恋人が大変なことになってるんですけど、どうにか鎮めてくれませんか。

先生は結菜さんと私の間に起きているいざこざに、気づいているのかいないのか、とにかく知らない素振りでテーブルについた。

「麦茶か何か飲まれますか？　というか、いつものジャージに着替えてからでも」

「ああ、そうだな。いや、それどころじゃない。とにかく、席につきなさい」

いつになく慌てた様子の先生に、少し胸騒ぎがする。

「一体どうしたんです？　もしかして学校で何かあったんですか？　あ、まず、今日はありがとうございました」

取って付けたような礼などいいと煩わしそうに手を振ったあと、先生が答える。

「何かあったというか、多分、今も起きている。最近、君は美空君から何か聞いていないか？」

「いえ、特に何も。もしかして、いじめですか!?」

「そうじゃない。いや、ある意味そうかもしれない」

先生は、差し出した麦茶のグラスを飲み干すと、一気に告げた。

「美空君は、担任の久我先生とあまり上手くいっていないらしい。さすがに授業中は目立ったことはなかったが、廊下で美空君と先生との会話を偶然聞いた。今日の作文は会心の出来だと私も感心していたが、それをどうせ俺が書いたんだろうと決めつけられ、嫌味を言われていた」

「そんな。美空は本番で驚かせたいからって、私にも見せてくれなかったんですよ!?」

娘のことになると、さすがに結菜さんに対するように冷静ではいられない。

「美空君も一人で書いたと言い募ったんだが、久我先生は半笑いで、じゃあそういうことでいいよと答えた。いつもそんな風に助けてもらって、大人になって困るのは美空君だしと」

「なんですか、それ⁉ そんなの、少なくとも教師の発言じゃないですよ！ でも、そういう態度を普通に取るってことは、今にはじまったことじゃないってことですよね」

一体、いつから久我先生は美空にそのような態度で接しているのだろう。賢い子だが、納得できないことは相手が大人でも平気で切り込んでいく。そんな美空を、先生のように面白がって受け止めてくれる大人のほうがむしろ少ないのだが、美空はその辺りの機微をまだ理解できない。

去年も、テスト問題の答えに納得がいかず、担任だった教師に食ってかかろうとしていたのだ。もしかして、同じようなトラブルが、久我先生と美空の間に起きていたのだろうか。

「実はゴールデンウィークが明けた辺りから、少し登校時の様子がおかしいと思っていた。もしかしてあの教師との関係が影響しているのかもしれない」

「そうなんですか⁉」

「ああ、妙に明るかっただろう。まるで自分を無理に鼓舞しているようだった」

そう言えば、先生はそんなことを言っていた。そしてその洞察は正しかったのに、親である私はするりと聞き流してしまっていたのだ。

　胸がよじれたように苦しくなる。自分のことならば大人の知恵で何とでも回復できるが、美空はまだ十歳の子供だ。大人ならば複数思い浮かぶ対処の方法も知らず、苦しさを一人で抱え込んでいるのかもしれない。

「美空とも話してみます」

「ああ、そうしてくれ。それから、美空君の作文は、掛け値なしに素晴らしいものだった」

「私も聞きたかったです」

　しかし、皮肉にもその作文のせいで、美空はあらぬ疑いをかけられることになったのだ。

「体の具合はもういいのか」

「はい。おかげさまで大分楽になりました」

「色々、ストレスも多いかもしれないが、もう少し我慢してくれ」

　また色々、だ。主に何のことを指しているのでしょうか。

　尋ねたい気もしたが、今は、自分のことよりも美空のことで頭がいっぱいになっている。先生と軽く目を合わせるだけにして、私は台所をあとにした。

その夜、まだ風邪気味の私は念のためお風呂に入るのを控えたが、美空は一人で入浴したあと、きちんと自分で髪を乾かし、布団の中に頬杖(ほおづえ)をついて私と並んだ。

「先生ったらベタ褒めだったね、美空の作文。ねえ、ママにも読んでよ」

「やだよ恥ずかしい。ああいうのは、教室で無理矢理読まなくちゃいけない環境じゃないと読めないって。あした私が学校へ行ってから読んで」

「はいはい、わかった。でもごめんね、今日は行けなくて」

「大丈夫。ママもけっこう疲れがたまってそうだったもんね」

本当によく出来た子だ。時々、精神年齢で負けているのではないかと不安になるくらい。

少したためらったあとで、いよいよ久我先生の話題を持ち出した。

「ところで、さ、美空。学校生活のことなんだけど、ほら、ママは今日、先生とも話せなかったからさ。何か問題がありそうなら教えてほしいなあと思って」

「う〜ん、何にも問題はないよ？　友達も楽しいし、先生も普通だし」

「普通？　本当に？」

「うん。ぜんぜん普通」

美空が見せる横顔は頑(かたく)なで、明らかにこの話題を避けたがっていた。はっとするほど大人びてきたその態度を見て、改めて胸が塞がる。

　私が結菜さんとのあれこれに心を乱されている間、この子は親に隠し事をするほど大人になって、一人で悩みを抱え込んでいたのだ。それとも、私がこんなに頼りない親だったから、美空は打ち明けられなかったのだろうか。

「あのね、美空。今言いたくないならいいんだけど、ママはいつだって美空の味方だし、学校は美空の世界のほんの一部だからね」

　美空が初めてこちらを向く。

「うん、ありがと。私は平気だよ。というか、問題があるのはママのほうでしょ？　お見合い相手のことだって中途半端だし」

　思わぬ方面からの切り込みに、小さく呻いただけになった。

「ねえ、その人のこと、どうするの？　二回目ならまだしも、三回目のデートに誘われたら、そろそろ向こうはちゃんと考えてるんじゃないの？」

「ていうか、どこからそういう知恵を授かってくるわけ？」

「だって、先生がそう言ってたから」

　いったい先生は、小学四年生の少女とどんな会話を繰り広げているのだ。

「それは美空が気にすることじゃないよ。逆に言うと、今はやっぱり、他の人とどうこうなんて考えられないし。向こうもね、お掃除好きだし、話が合うんじゃないかって軽い気持ちみたい」

だから心配しないで、とつづけようとしたのに、美空の胡乱な視線につかまって頰がひくついただけになった。

「ナァァァン」

コヨーテが微かに開けておいたドアから侵入してきて、私と美空の間に寝そべる。

「いらっしゃい。女子会だね」

話し掛けると、にゃごにゃご、と何やら最近よくする軽蔑の表情を浮かべている。

「コヨーテはね、色んなことが歯がゆいんだよきっと」

「歯がゆいって──どうしたの、コヨーテ。何か私にしてほしいことでもあるの？」

鼻を寄せると、猫パンチをお見舞いされてしまった。

しばらくコヨーテと猫パンチの応酬をしているうちに、気がつくと、美空がうつ伏せになって寝入っている。

「ねえ、コヨーテ。美空、大丈夫かな」

ここへきて態度を豹変させた結菜さんのことや、にわかに持ち上がった美空の学校問題、長内さんとのお見合いのこと、いつの間にかギクシャクしていた先生との間に流れる空気。

様々な階層の出来事が未解決のまま、重しになって沈み込んでいく。

こういうのを吸い取れる掃除機や、一拭きで消せる重曹のような粉があればいいのに。

沈んでいく重し達を眺めているうちに、瞼も、重しのように質量を増して垂れ下がってきた。

本当に、出ていこうかな。

けだるい声が頭の中で響いたのを最後に、意識が布団に溶け込んでいった。

第四章　縁側のメリーゴーラウンド

十月も終わりに近づき、爽やかな晴天の日がつづいている。

ただ、この時期になっても時々、台風が狂ったような風雨を伴って通りすぎていく。

最近の気候は、子供の頃の記憶より一ヶ月近く後ろにずれている気がする。

「平沢君、ちょっといいか」

ぴくりと肩が震えた。振り返ると、先生がまたかという表情で、縁側で洗濯物をたたむ代わりに撫でさする私の手元を凝視していた。

「君は悩み事ができる度に、俺のジャージに毛玉をつくらないと気が済まないのか」

「すみません」

慌ててもうとっくにたたみ終わったジャージを脇へ押しやる。

「大方、美空君のことでも考えていたんだろう」

図星を指されて、素直に頷くしかなかった。

先生は私の隣にあぐらをかいて座り、おもむろに二枚のチケットを差し出してくる。

「これって、花（はな）やしきのチケットですか？」

花やしきは、浅草（あさくさ）にある、少しレトロな昭和の遊園地だ。

「たまたま手に入った。ここはまだ、美空君も言ったことがないだろう？　たまには二人で思い切り遊んで、そのついでという感じで、もう一度、美空君に久我先生のことを尋ねてみてはどうだ」

「先生、もしかしてずっと心配してくれてたんですか？」

一旦は様子を見ようと決め、もう蒸し返したりはしていない。それでも、日に日に登校時の美空の元気がなくなっていくような気がして、本当のところはどうなのだと詰め寄りたい衝動を抑えながら日々をやり過ごしているのだった。

「美空君は遊園地が大好きだろう。楽しい環境でなら、本音を漏らしやすいんじゃないかと思ってな」

「う～ん、どうですかねえ。先生もご存知のように、あの大人びた性格ですから」

「だからこそだ。遊園地で見る美空君は、いつも歳なりの子供だ」

「なるほど、そう言われてみたら、そうかもしれませんね」

無邪気にはしゃげる場所でなら、確かに美空も本音を晒（さら）けだしやすいかもしれない。

「ありがとうございます。気に掛けてくださって。チケット代はきちんとお支払いしますから。おかげさまで、書籍も重版がかかりましたし」

「これは俺が勝手にやったことだから、金などいらない」

「でも――」

「そんなに心配なら、先生も付いて行ったらどうです？」

唐突に響いた声に、私も先生も思わずのけぞって驚いた。

「ちょっと、川谷さん、来てるならそう言ってくださいよ」

川谷さんは不満げに口を尖らせた。

「声なら、何度も玄関からかけたんですけどね。結局、結菜さんが入れてくれました」

どうやら、先生と揉めているうちに、川谷さんの「ごめんください」を聞き逃してしまったらしい。最近は、玄関チャイムを鳴らさず、直に中まで入って声をかけるものだから、少し洗い物をしていたりすると気がつかないのだ。

「それは――すみませんでした。で、結菜さんは？」

「原稿をチェックするからって、またすぐ、先生の仕事部屋に戻っていきましたよ」

感心しない、という内心を隠そうともせず、川谷さんが答えた。

結菜さんが私に対して牙を剝いてからというもの、私達は必要な時しか言葉を交わさないようになっている。そのことを川谷さんにだけは告げてあった。彼は彼で、私の話を聞いて以来、ますます結菜さんを怪しんでおり、何とか正体を暴こうと奔走しているらしい。

「母娘で遊園地もいいですけど、そこはやっぱり、美空ちゃんが信頼を置いている第三者もいたほうが、デリケートなことも打ち明けやすいんじゃないかと思うんですよね」

川谷さんは、美空の担任問題についても知っている。

先生や私の担当編集という職域をあまりにも軽やかに越えてプライベートまで関わってくるから、だんだん、おかしいという感覚が消え去ってしまった。

そんなわけで川谷さんにも、授業参観で先生が目撃した出来事を共有し、それとなく美空と話してもらっているのだが、やはり何の問題もないの一点張りらしい。一方、先生が尋ねる時は、微妙に何かを話そうかと逡巡(しゅんじゅん)するようなそぶりを見せるという。あくまでも川谷さんの観察によるとだが。

「あともう一押しだと思うんです。何だかんだで同性の親には意地になっちゃうことってあると思うんですけど、先生が一緒なら、何とか話してくれる気がするんですよね」

「うん、そうかもしれないな」

腕組みをする先生の隣で、川谷さんがつづける。

「僕が悪く想像しすぎかもしれませんが、担任が主導する空気って子供にも伝播(でんぱ)しやすいと思うし。あまり静観していると、美空ちゃん、授業参観の時より、まずい立場になることもあり得るなって」

「まずい立場とはなんだ⁉　まさかクラスぐるみのいじめに発展するとでも⁉」

「まあ、ないとは思うんですけどね」

美空のことを、もしかして私以上に心配している先生の顔が蒼白になっていく。私も、ぼんやりと抱えていた不安を明確に言葉にされてしまい、もう見守るだけではダメなのかもしれないと思えてきた。

「もう待ったなしだな。そういうことなら俺も行こう。それで構わないか、平沢君」

「わかりました。どうぞよろしくお願いします。でも――」

「でもなんだ？」

「原稿って、大丈夫なんですか？」

結菜さんからぶつけられた言葉の数々は、変わらず一言も先生には言っていないし、川谷さんにも口止めしてある。その川谷さんは「先生の作品の質が落ちているなんてとんでもない！」と全否定してくれたが、やはりどこかで気になってしまう。

「締め切りなら間に合う予定だし、出来も我ながらなかなかいい。そんなことより、君の原稿の心配をするんだな」

痛いところを突かれて声を失っていると、美空も学校から帰ってきた。

いつもなら女の子にしては元気すぎるほどの大声が家のどこにいてもわかるほど響き

わたるのに、今日はごく控えめな「ただいま」が聞こえただけだ。しかも足音はいつものようにまっすぐにこちらへは向かわず、二階へと遠ざかっていってしまった。

思わず大人三人で顔を見合わせたあと、慌てて先生の手から花やしきのチケットを受け取り、二階へと駆け上がった。最近の運動といえば夕方のゆったりとした散歩くらいだから、少し速度をつけて走るだけで息が途切れがちになる。

「美空、大丈夫？　そっちに行っても平気？」

「え？　なんで⁉　今、ちょっと宿題に集中したいし」

見え透いた嘘だが、こちらもそれを否定せず、話をつづけたほうがいいと直感する。

「そっか。宿題中にごめんね。それじゃ、ここで立ったまま話すから聞いて。今度の土曜日なんだけど、先生が花やしきに私と先生と美空の三人で出かけないかって誘ってくれて」

チケットを戸の隙間から差し込んでひらひらと振ると、少しわざとらしいため息の声が響いてきた。

「わかった。いいよ、一緒に行く」

「ありがと。先生、喜ぶと思うよ」

美空の返事に、なかなか難しい年頃に差し掛かってきたなと、複雑な気分になる。思春期は順調な成長の証（あかし）だから頼もしいことでもあり、母親だけで乗り切れるか不安を誘うひとつの壁でもある。

息を吐き出してお腹に力を入れてから、再び階段を下りて居間へ戻り、両手で丸をつくって頭上に掲げた。

先生は、ほんの微かに緊張の滲む表情で、静かに頷いた。


美空のことを考えていない間、最近の私が考えることはたった一つ。結菜さんの部屋で感じた、例の強烈な違和感のことだ。

大抵のお掃除好き、整理整頓マニアはそうではないかと思っているのだが、私は酔っている時以外、あらゆる矛盾を受け付けられないという、あまり褒められない特徴がある。

たとえばどんなに面白いドラマや映画を観ても、人物が性格に合わない唐突な行動をとったり、言動に明らかな間違いがあると、気になって集中できなくなってしまう。

結菜さんの部屋は、まさにその矛盾の好例だった。ドラマの中でも、ずぼらでいい加減な人物として描かれているキャラクターの部屋が、テレビ映えを考えてか、きっちりと片付いていてもやもやすることが多いのだが、結菜さんのようなおっちょこちょい演出のキャラクターの部屋は、あんな風に神経質なほど片付いているべきではなかった。

生活導線や片付けやすさまで考えて、的確に整えられた部屋の持ち主が、あんなにお皿を割ったり、花瓶に挿してあるスキをうっかり捨てたりするわけがない。

そう、違和感の正体は、あの部屋があまりに結菜さんらしくないということだったのだ。もしかして、あの東北訛りさえ、彼女の出身地とは無関係かもしれない。

彼女は、自分を偽っている。理由はわからないままだったが、その確信は日を追うごとに深まっていった。

本当の彼女は一体何者で、何が目的で先生に近づいたのだろうか。

川谷さんは、ただのファンなどではないと勘ぐっていたが、私は二人が抱き合っている場面を目撃した身だから、先生に懸想したファンなのだと信じてきた。

しかし、あの部屋を目の当たりにしてからは、少し違う。今となっては、あの場面にさえも作為が感じられて仕方がなかった。

あの部屋の主は、おそらく、よほどの事情がない限り見ず知らずの作家の家に押しかけることはしないだろう。多分、何か明確な意図を持ってここへやってきたはずだ。

大切に扱っていた食器類をわざと割られたと思うと怒りが押し寄せてくるが、それよりもやはり、彼女の真意のほうが気になる。

もう一度、応接間に入ってみようか？

彼女の部屋に侵入することをためらっていたのは、彼女がこちらに対して疚（やま）しいことがないという前提に立った上でのことだ。しかし、相手が正体のわからない怪しい人物だとなれば、話は別だ。

でもそれって、相手が犯罪者ならプライバシーの侵害をしてもいいという乱暴な理屈と同じじゃないの？

正論が声高に頭の中で響いたが、一方で、私や美空、それに先生を守りたいという気持ちもムクムクと湧き上がってくる。

私は、家政婦だ。つまり、ハウスキーパーだ。外敵から身を守るのも、ハウスキーパーの大切な仕事ではないだろうか？

まず自分自身を、そして家族を、家を守る腕なのだ、この腕は。

雑巾掛けのおかげで、いい具合に引き締まっている腕を見下ろしながら、ひとり頷く。

家族という言葉の中に無意識に先生を入れていた自分に気がつき、慌てて頭を左右に振った。

＊

週末はあっという間にやってきた。

美空と先生の好物だけを詰め込んだお弁当をつくり、水筒に麦茶を入れ、少し大きめのリュックサックに詰め込み終えたのは朝の六時。

「ちょっと早すぎたかな」

朝ごはんの準備もとうに整っており、洗濯物もすでに干し終えている。

庭に餌をつつきにきた雀（すずめ）達を眺めながら珈琲を飲んでいると、玄関の開く音がした。

おそらく先ほど出ていった結菜さんだ。

「おはようございます」

「ジョギングですか？」

首にかけたタオルで顔の汗を拭いたあと、結菜さんがふうと息を吐き出す。

「ええ、習慣を再開することにしたんです。この時間なら、涼子さんも忙しくて人の部屋を覗いている暇とかなさそうですし」

「ああ、そうなの」

結菜さんの皮肉を、さらりと受け流す。

「今日は午後も安心して家を空けられます。三人で遊園地なんですものね」

「そんなに家を空けて、執筆に影響はないんですか？　確か結菜さんは執筆修行をしてるんですよね」

受け流すだけではなく、時々こうやってぴしゃりと返したりもする。

色々と乗り越えてきた家政婦は、ちょっとやそっとの攻撃でへこたれたりはしないのだ。

結菜さんは目をすがめたあと、あざ笑うように告げた。

「今日は、先生のお遣いで出版社へ行くんです。川谷さんと仲のいい同僚の方に、中も案内してもらうことになってるんですよ」

「へえ、それはそれは」

意図的に一杯食わされたという表情をつくってみせると、結菜さんは満足げに口元を歪めたあと、応接間へと戻っていった。

その背中を見つめながら、つい肩に力を入れてしまう。

実は、結菜さんが張り切っているお遣いというのは、私が川谷さんと相談して仕掛けた罠だ。今日、先生が私達と花やしきに出掛けることを承知の上で、印刷所の都合でどうしても土曜日に原稿が欲しいと無理を通し、結菜さんがお遣いでこの家を空けるように仕向けたのだ。

先生に懸想しているわけでもなく、ファンとして本心から心酔しているわけでも多分ない。真意の見えない結菜さんの本性を暴くには、もう、部屋の中から手がかりを探り出すしかない。

卑怯だと思いますか？

川谷さんに尋ねた時、「いえ、あの人、何を考えているかわからなくて不気味ですよ」と首を振った。

その川谷さんは、結菜さんがこの家を出たあと、戻ってきて応接間へと侵入する手筈になっている。何か身元につながる手がかりを探るためだ。

あの様子だと、こちらを疑ってはいなそうだ。

何も知らない結菜さんが応接間のドアを閉めた音がガチャンと響き渡ると、肩から力が抜けていった。

その後、庭の落ち葉を掃除したり、廊下を雑巾掛けしたりしているうちに、気がつくと七時になっており、皆が起き出してきた。

美空はよほど今日が楽しみだったのか、昨日の夜から興奮してなかなか眠れなかったというのに、きっちりとポニーテールを結ってから台所にやってきた。先生もすでにテーブルについており、まるでどこかの少年のようにそわそわと落ち着かない。

結菜さんは相変わらずの豹変ぶりで東北訛りを復活させ、先ほどとは打って変わった純朴な二十代に戻ってテーブルについた。

「毎日、本当に美味しいですよね、涼子さんのごはんは。このおしんこも自分で漬けだんですか？」

「ええ。塩加減さえ間違えなければ簡単ですよ。よくいるんですけどね、やりすぎちゃう人」

こちらはこちらで、口元だけの微笑みを返す。先生や美空に気がつかれないよう、私と結菜さんの間では、連日、可視化されない火花が散っているのだ。

皆で朝食を食べたあとは、それぞれ準備をして玄関に集合した。

「それじゃ、結菜君、すまないが遣いを頼んだぞ」

声を掛けられた結菜さんが、先生にはにっこりと微笑みを返し、こちらには得意げに口元を歪めてみせる。再び見えない火花を散らしたあと、私は先生や美空と一緒に花やしきへと出発したのだった。


花やしきに来てから、何かを家に置き忘れたような気がして仕方がなくなっている。

先生と美空が、徐々に回転速度を増していく空中ブランコに仲良く並んで収まっている姿を写真に撮りながら、脳内で持ち物をチェックしてみた。

タオル、ハンカチ、お弁当にスプーンにフォーク、マキロンに絆創膏にお財布に——大丈夫だ。必要なものはすべて持ってきたはずだ。

おそらく、結菜さんの部屋に今頃忍び込んでいるであろう川谷さんのことが気がかりで、それが何かを忘れた感覚になって襲ってくるのだろう。

それに、今日のメインは結菜さんの正体を暴くということもあるが、それ以上に、美空の学校問題を解決することなのだ。

空中ブランコのあとは、花やしき名物であるジェットコースター、お化け屋敷とメイン処を次々と制覇し終え、お昼がやってきた。無料で開放されている屋外のテーブルに五時起きでつくったお弁当を広げる。

「うわあ、美空の好きなものばっかり。あ、でもこっちのお重は先生の好物が多いね」

「そうだな、美味しそうだ。平沢君、朝早くから準備をすまない」

「いえ、私も楽しんでましたから」

おにぎりの具は、すじこ、焼き鮭、それに昆布の佃煮の三種類。

お重の中にはエビフライに卵焼き、唐揚げなどお弁当の定番が並んでいる。ホタテの佃煮や湯葉の包み揚げは先生のお気に入りだ。

皆で手を合わせて、お弁当に舌鼓を打ちながら、今、私達は他人の目にはどう映っているのかと考える。

たぶん親子、だよね。

つまり、私と先生は、夫婦に見えたりするんだろうか。

いやいやいやいやいやいや、それはない。金輪際ない。あり得ない。あくまで、赤の他人が状況から判断して私達の関係を推論するとしたら、という仮定の話だ。

「ママ、どうしたの？　なんかトイレでも我慢してるみたいな顔になっているけど」

「あ、ううん。ちょっと考え事をしていただけ」

先生がこちらを見て、ここぞとばかりに咳払いをしてくる。口元に握り拳を当てての咳払いは、昨日こっそり決めておいた仕草で、そろそろ学校のことを切り出すぞ、という符牒なのだ。

　返事の代わりに瞬きをしてみせると、先生がおもむろに切り出した。

「ところで美空君、最近、学校はどうだ？」

「う～ん、別にどうってこともないよ。いつも通り」

　美空の返答は、さりげなかったが、声に吹き出物の芯のような固い部分が感じられた。

「いつも通り、担任が大人気ないか？」

　美空が驚いたように先生を見上げたが、すぐに平静を装ってみせた。感情のコントロールの巧みさに、感心するとともに心配にもなる。

「そうだね。ちょっと子供っぽいところあるけど、まあ許せる範囲かな」

　こましゃくれた答えを聞いた先生の表情が、見る間に厳しいものに変わっていった。

「ちゃんと怒りもしないで、そんなに簡単に許すものじゃない」

「え？　だってそんなに大したこと言われてないよ？　ぜんぜん、普通の担任だし」

「普通の担任は、作文を俺が代筆したんだろうなどと、子供にあらぬ疑いをかけたりしない」

　美空の表情に、初めてわかりやすい動揺が走った。

「もしかして先生、授業参観の日、私と久我先生の会話を聞いてたの？」

「聞いていたし、いつ美空君が相談してくれるかと、準備万端にして待ってもいた。あの担任はダメだ。許せる範囲じゃない。もし本当に許せるなどと思っているとしたら、美空君は、自分で自分をいじめすぎている」

「あの、ちょっと先生。もうちょっとヒートダウンしてお話をしたほうが」

ここで初めて私の存在を思い出したように、美空が顔を向けてきた。

「ママも知ってたんだよね。だって、二人してこうやって揃って話をしてるんだし」

ここで嘘をつく理由はないから、ゆっくりと頷いた。

美空は、本当によく出来た娘だ。思えば、世間で言う魔の二歳児の頃だって、イヤイヤ期らしい癇癪(かんしゃく)などもほとんど見られず、やけに達観したような目でトライ&エラーを繰り返し、着々と出来ることを増やしていった。トイレトレーニングだって、お箸の持ち方だって、こちらが本腰を入れて教えずとも、自力で覚えてしまう。五十音、カタカナ、アルファベットなどの知識はもちろん、いわば世間知のようなものも、年齢以上に獲得しており、気がついた時にはポイントカードにポイントをためて、効率よくお小遣いを使う術も身につけていた。

大人でも迷うような感情の機微も、どういうわけか心得てしまっているところもある。

元夫のこともあって、親である私が甘えさせるのではなく、甘えてしまっていた部分もあったと思う。美空が無理をして身につけたのかもしれない大人びた部分に寄りかかりすぎて、様子を見ようなどと思ってしまった。でも、そんなことをしてはいけなかったのだ。

だって、今話をしている美空のほっそりとした指先は、こんなにも心細げに震えている。

さっと両手を取り、美空の顔を見据えた。

「ねえ、美空。私、美空が何でも人並み以上にできちゃうこと、知ってるよ。人の感情にも敏感だから、もしかして久我先生がどうして美空にそんなことを言うのか、言葉の向こうにある先生の弱さまで慮っているのかもしれないね。でも、先生の発言の元がどんな感情であろうと、子供を攻撃した時点で間違ってることなんだし、許す必要なんてないんだよ」

美空の手を握る両手にぐっと力を込める。

「そうだ。しかも、これは俺の意見だが、何も無理をしてまでその場所で戦う必要はない。こちらが何を言っても、どんな対応をしても、一方的にすり減る関係というのはあるものだ。だから、居場所を変えるという選択肢も考えてみてもいいんじゃないか？」

「それは、転校ということですか？」

そこまで大胆な選択肢を考えていなかったけれど、確かに先生の言う通りかもしれない。こちらがどんな対応をしても変わらない人間というのは、確かに存在する。

元夫が、そうだったように。

美空は柔らかな唇を噛みしめていたが、先生の発言にゆっくりと首を振ってみせた。

「でも、私がいなくなったら、久我先生、次は誰か他の子に同じようなことをすると思う。だから、そんなのダメだよ」

先生が微かに目を見開いたあと、「なるほど」と唸った。

「君はクラスメイトを守るために、あの言いがかりにも沈黙を貫いていたんだな。では、一つ聞きたいことがある。もしもクラスメイトが、君がいなくなったあとも無事だとしたら、それでもあの場所にいたいか？」

美空はしばらく考えたあと、再びゆっくりと首を横に振った。

「いやだ。久我先生の顔、見るのも嫌だし」

再び、両手の中で美空の小さな手が震えだした。

これほど美空が苦しんでいたのに、何も気がついてやれなかった。

「ごめんね、美空。こんなに我慢させてたなんて、ママ、ほんとにごめん」

きっと美空は、私の状況を見て、今の私には負担が大きすぎると判断し、相談せずに一人で抱え込むほうを選んだのだ。

「ごめん、ごめんね美空」

謝りながら、美空を理不尽に追い詰めた担任にもふつふつと怒りが湧いてくる。

「美空ひとりに我慢させたりしない。ママは、学校にも、少しお掃除が必要だと思う」

「ママ？」

「美空、ママと一緒に、学校のお掃除、頑張ってみる？」

「へ⁉」

私は美空みたいに物わかりがよくも、感情を推し量ることに長けてもいない。でも、母親として、反省も込めてぜったいに伝えていきたいことがある。それは、自分を守る術と、戦うべき時を判断して立ち上がる術だ。

「指先が震えそうだなと思ったら、震える前に立ち上がって掃除するんだよ。美空だったら、絶対にできると思う。だって、ママの子だもん」

私の声に、美空は目を見開いたあと、ぷっと吹き出した。

「確かに、ママ仕込みの掃除なら、得意かも」

「俺も協力は惜しまない。ただ、二人には約束してほしい。掃除に挑戦したら、新しい学校へ移ることも視野に入れてほしい。今大事なのは、美空君が立ち上がると決めたこと、そして実際に戦ってみることであって、決して相手を改心させることじゃないと俺は思う」

きっと、人間の内面を書きつづけてきた先生だからこそ、他人の心を掃除する難しさを熟知しているのだ。私も正直、久我先生を改心させるのは難しい気がしている。だから敢えて学校の大掃除と言ったのだ。

「どう？　美空、それでいい？」

「うん。わかった。ありがとう、ママ、先生」

美空の表情が嘘のように晴れていくのが嬉しい。親として、子供が日々を幸せに過ごすこと以上に大切なことなんて、きっと何もないのだ。

結菜さんのことで気を揉んでいる場合じゃなかった。お見合いなんてしている場合じゃなかった。

心の中で後悔しながら、ちくりとした引っかかりを覚える。

お見合い――お見合い⁉

今日は、長内さんと家電ショーを見に行く約束をしていなかっただろうか。

慌ててスマートフォンを引っ張り出してみると、すでに着信が一度、それにメッセージが三件ほど入っていた。

『到着しました。受付のそばでお待ちしていますね』

待ち合わせ五分前、朝の十時に届いたメッセージだ。次のは一時間後。

『もしかして何かありましたか？　とりあえず、近くの喫茶店で待機しています。ご連絡、お待ちしています』

次が、それから一時間後だ。

『今日はひとまず引き上げますね。大丈夫ですか？　何も起きていなければいいのですが』

何かを忘れている気がしていたのは、これだったのだ。やってしまった。完全にすっぽかしてしまった。

「すみません、ちょっと連絡を一本しなくちゃいけなくて」

慌てて立ち上がり、少しテーブルから離れる。

折り返しの電話を入れるためにボタンを押そうとして、はたと指先が止まった。

長内さんは、とても素晴らしい人だ。人間も出来ているから、今回のことを怒りはせず、笑って許そうとするだろう。でも、そのあとは？　私のために時間を割いてくれようとする彼の心に、私は同じ熱意で応えられるだろうか。

もちろん、二回会っただけで、長内さんが私との結婚を考えはじめたなんて自惚れているわけではない。それでも、お見合いで出会った以上、あくまでも結婚を考えている人間同士であるべきだ。

私には今、そんな余裕はない。今は、美空と、仕事と、先生の家での生活のことで精一杯だ。最初から、お見合いなんてするべきじゃなかったのに。

状況に流された自分の弱さを後悔しつつ、今度こそボタンを押して電話をかける。一度の呼び出し音で、応答があった。

『もしもし、平沢さん⁉　大丈夫なんですか？』

「すみません！　私、今日がお約束だったことをすっかり忘れてしまっていて、本当に申し訳ありませんでした」

どんなに謝っても足りない気がしてもう一度謝罪しようとしたが、長内さんのほっとしたような声に遮られる。

『何だ、よかったあ。てっきり、待ち合わせ場所に向かう途中に事故にでも遭ったんじゃないかと思って、気が気じゃなかったんです。でもあんまり連絡を入れても、もし何事もなかった場合はストーカーみたいで怖すぎるじゃないですか』

これ以上の連絡はためらわれて、私からの連絡を待っていたという。責める風でもなく人の良さが滲む声で告げた長内さんに、自然と頭が垂れていく。

今、きちんとお断りするべきだ。

「申し訳ありませんでした。実は今、子育てのことや仕事のことで頭がいっぱいになってしまっていて。それで――」

長内さんが息を吸う音が微かに聞こえた。それでも言葉をつづける。

「お見合いをしたくせに、こんなことを言うのは失礼すぎるのですが、今は結婚のことは考えられないと気がついてしまったんです。本当に、本当に申し訳ありません！」

スマートフォンを耳にあてたまま、遊園地内の広場の端で、深々と頭を下げた。

『――そうですか』

これまでと打って変わった低く、暗い声。ずきりと胸が痛む。そうだ、何を自分で誤魔化していたんだろう。この歳になれば、さほど恋愛経験などなくても、相手が本当に家電仲間として誘っているかどうかくらい、判断がつくはずなのに。いや、本当はついていたのだ。ただ、気がつかない振りをして、利用しただけ。

『なんちゃって、何となくそんな気はしていたので、大丈夫です。それでも、掃除好きとして交流をゆっくり深められたらとは思ってたんですけど、ごり押しして嫌われたくありませんしね』

「本当に――」

『いや、もう謝る必要はないですよ。お見合いってそういうものですし。それよりも、これからも、掃除好きのためになる本を刊行してください。楽しみにしています！』

いい人だ。結婚はタイミングというが、タイミングさえあえば、もっと違う結果になったのかもしれないのに。

「ありがとうございます」

もう一度、深く一礼したあと、先に切ってほしいという長内さんに促されて、通話を終了した。

遠くで、美空と先生がこちらを心配そうに見つめているのがわかる。手を挙げると、二人が同時に応えてくれた。

そうだ。落ち込んでいる暇も、自分の軽率さを責めている暇もない。私は、家族を守るために戦うのだ。

お腹に力を入れると、もう一度大きく手を振って、二人の待つテーブルへと帰った。


緑道を辿って帰路についていると、もうすぐ家が見えてくるというところで、川谷さんから連絡が来た。先生と美空を先に行かせて、電話に出る。

「もしもし？」

『あ、もしもし？　平沢さん？　今どちらですか？』

「もうすぐ家に着きますけど」

『それならよかった。門の前でお待ちしていますから』

「どうだったんです？　結菜さんの部屋の中に入ったんですか？」

『いえ。その前に、別の筋からわかったんですよ、結菜さんのこと。それで、できれば皆で話したほうがいいかなと思って』

「そうなんですか!?　わかりました。このこと、先生にもあらかじめお伝えしますか？」

『そうですね。結菜さんはもう戻ってきているみたいなので、先生は事前に知っていたほうがいいと思います』

　ということは、かなり正確な情報が手に入ったようだ。心臓の音が耳のすぐ奥で響く。

「先生！」

　少し先を歩いていた二人のところまで駆け足で追いつき、息を整える。

「なんだ、電話は誰からだったんだ？」

「川谷さんです。実は、その、結菜さんのことで少しわかったことがあるので、皆で話したいって」

　先生の片眉がぴくりと持ち上がる。

　緑道を吹き渡る風の音だけがしばらく響き、やがて先生が腕組みを解いた。

「もう少しあとかと思っていたが思ったより早かったな。それじゃ、急いで帰ろう」

「へ⁉　どういうことですか？」

　すたすたと歩きだした先生の背中を、美空の手を引きつつ小走りで追いかける。

「ねえ、何かあったの？　どうして先生、あんなに急いでるの？」

　真相がまだわからない以上、美空は、私達の話し合いに参加させる気にはなれなかった。あまりに毒々しい話だったら耳に入れたくはない。

「ちょっとね。家に戻ったら、美空は二階で本を読んでてくれる？」

　美空は不満気にこちらを見上げたが、何事かを察したのか「わかった」と承知してくれた。

気がつけば、もう視界の向こうに山丘邸の門扉が見えている。

電話の通り、川谷さんがやや緊張した表情で立っており、私達の姿を認めて手を振った。


「ただいま戻りましたあ」

玄関から声を掛けると、一番近い場所にある応接間のドアがぱっと開いた。

「お帰りなさい。あれ、川谷さんもご一緒だったんですか？」

何も知らない結菜さんが、三和土(たたき)の辺りまで出てくる。

「あのう、何かあったんです？」

「結菜君、実は少し皆で話がしたいと思っているんだ。居間に来てくれるか」

「はい、先生がそうおっしゃるなら」

一瞬、結菜さんの視線が揺らいだあと、ぴたりと私の上で固定される。

あんた、何か告げ口でもしたの？

結菜さんの無言の抗議をやり過ごし、まずは美空を二階へと連れていった。部屋着に着替えながら美空が尋ねてくる。

「ねえ、結菜ちゃん、何かやらかしちゃったの？」

「ううん、そんなことないよ。どうして？」

「あのさあ、私は確かに子供だけど、でも結菜ちゃんがどっかおかしいっていうのはわかってたよ。だから、わざわざ手芸をだしに色々と探ってたんだから」

「ええ!? だって、あんなに懐いてたのに、あれは演技だったの？」

ピースサインをつくり、美空が小さく並んだ歯を見せて笑った。

「だって、ママも気になってたでしょ？　まあ、ママの場合、結菜ちゃんがおかしいっていうよりも――」

美空がわかったような顔で滔々と喋っていると、下から川谷さんが私を呼んだ。

「ごめん、美空。そこまでわかってるんなら話が早いよ。ママ達、大事な話があるから、少し二階で待っててくれる？」

「別にいいよ。コヨーテも遊びたがってるし」

美空の視線を辿ると、少し開いているドアの向こうで、コヨーテがごろんとお腹を出して誘っている。

「わかった。それじゃ、コヨーテの相手はお願いね」

「ナァァァァン」

コヨーテはコヨーテで、例の微かに蔑みを感じる視線とともに、返事をしてくれた。

もう一度声を掛けてきた川谷さんに「はあい」と応じて、小走りで階段を下りる。

ついに結菜さんの正体がわかる、このもやもやの掃除ができる。そう思うと気が急いた。

居間に顔を出すと、すでに先生、川谷さんがソファに掛け、その向かいの一人掛けの椅子に結菜さんが座っている。

「飲み物、淹れて来ますね」

私にも早く座ってほしそうだった川谷さんを「まあまあ」と制して、先生が私に向かって頷いた。何となく紅茶や緑茶よりもコーヒーがふさわしい気がして、心持ち濃いめのコーヒーを淹れ、居間まで運ぶ。

「ミルクが必要な方はこちらをどうぞ」

ミルク入れを皆の真ん中において、いよいよ結菜さんの隣の椅子に腰掛けた。

「それじゃ、話をはじめましょうか」

いつも柔らかな川谷さんの声が、今は尖っている。先生のためなら三途の川(さんずのかわ)を渡ることも辞さないと普段から豪語している人がこの声を出すということは、彼女はやはり先生に害をなす存在だと認識しているのだろう。

「一体、何の話がはじまるんですか」

少し怯えたような結菜さんの声はやはり演技だろうが、それでもほんの僅か、本心も混じっているような気がした。

「その話なんだがな、俺から結菜君に聞いてもいいか？」

「いえ、山丘先生にこんな話をさせるなんて――って、僕、先生には詳しい話を何も言ってませんけど、何を聞くつもりなんです？」

訝しむ川谷さんに、先生が鼻をふんと鳴らして答える。

「これでも、作家だ。人間観察も仕事の内だぞ。結菜君が見た通りの人間じゃないことくらい、初日に気がついていた。もっと言うと、どこの誰であるかも、大方の予想はついている」

結菜さんがひゅっと息を吸い上げる。瞳に浮かんでいる驚きが、明確な敵意へと変化するのに、そう時間はかからなかった。

でも、どうして？

先生と、あんなに親しげに抱き合っていたのに。私に向かって、見当違いに勝ち誇ったような目をしたくせに。

「へえ、人間観察ねえ。初日からわかったっていうけど、じゃあ誰だと思ってるんです？」

「君は――亡くなった片瀬結菜さんのお身内だろう」

しん、と居間が静まりかえった。同時に、結菜さんの大きな目が、ゆっくりと歪んでいく。

「亡くなった⁉　それってどういうことなんです？」

小声で川谷さんに尋ねたが、川谷さんはしっと人差し指を唇の前にあて、やり合う二人へと視線を戻してしまった。今のところ、さっぱり話が見えていないのは私だけのようだ。

「さすが先生ですね。そんなところまで気がつかれてたなんて」

目を輝かせる川谷さんに、片瀬結菜と名乗っている誰かが、コヨーテよりも深い侮蔑の表情を向けた。

「あなた、片瀬結菜さんじゃなかったんですね。それじゃ、一体誰なんです？」

「私は、片瀬結菜の妹の玲菜（れいな）です。姉は——先生の選評に殺されました」

秋風と呼ぶには冷たすぎる空気が、勢いよく部屋に入り込んでくる。

「先生の選評に殺されたって、一体どうしてそんな」

狼狽（うろた）える私の目の前で、先生は何も言わずに静かに座っている。しかし隣の川谷さんは勢いよく立ち上がった。

「片瀬さんが亡くなられたのは本当にお気の毒だと思いますが、それは見当違いの八つ当たりだ。先生の選評はフェアなものでしたし、むしろ片瀬さんのこれからに対する温かな励ましが感じられるものでした。あの言葉が誰かを殺すなんてあり得ない。到底看過できる言いがかりじゃありません」

「姉のことを何も知らないくせに、得意げに正論をかざすのはやめてください」

玲菜さんの声が、一段低いものになる。

「姉は、山丘周三郎に心酔していました。姉の持っていた山丘作品は、すべてぼろぼろになるほど何度も読み返されたものばかりです」

「ちょっと、ちょっと待ってください。すみません、私だけが話についていけてないんですけど、本物の片瀬結菜さんは作家志望で、先生から選評を受けたことがある、ということなんですね？」

「ええ、角山書店が主催する第十八回野生近代新人賞で、酷評といっていい言葉をぶつけられたんです」

玲菜さんの言葉でますます混乱する私に、川谷さんがようやく解説してくれる。

「小説家としてデビューするには、各出版社が主催する新人賞を受賞するのが一般的なんですよ。最近は、ネットの小説投稿サイトで人気を得てからデビューする人も珍しくはなくなったんですけどね」

川谷さんの声に「なるほど」と頷く。

「姉は去年、復活した山丘周三郎が審査員を務めるというので、難しい病気に苦しんでいたのに、それこそ寝食を忘れるほど打ち込んで仕上げた一作を応募したんです。そして、初めて最終選考に残った。それもこれも、この目の前で澄まして座っている俳優くずれみたいな男に読んでほしいがためです」

いっそ清々しいほどの豹変ぶりと悪口に、さすがの先生も苦い顔をした。

「俳優くずれか。褒め言葉だととっておこう」

「そして大賞を逃したんですよね、片瀬さんは。どこかで聞いた名だとは思っていたんです。弊社の賞だったので、ぼんやりと記憶していたんでしょうね」

「それでも、覚えてはなかったですよね。私が自己紹介しても、何の反応もなかった」

「僕も、賞の運営にそれほど深く関わっていたわけじゃなかったので。でも、片瀬さんのことを調べる段階で、ようやく思い出して、最初は、最終選考に落ちた本人が先生の家に押しかけたんじゃないかと思ったんです。でも、ご実家に連絡を取ってみたら、亡くなられたと」

「大賞を受賞できていたら、きっと姉は今も生きてた。あなたが余計なことを言って他の人を推さなかったら、姉は贈呈式で花束を持って笑って華々しくデビューして、今も小説を書いてた。今も笑って、私とお茶を飲んでた。今も――」

玲菜さんの声が途絶える。

「あの、選評ってそんなに酷評だったんですか？」

「酷評どころじゃないですよ。姉にとっては雲上人だった作家が、私はこの作品を推さなかった、なんてわざわざ言わなくていいことを書いたんです。姉にとっては、死刑宣告にも等しかったはずです。病が悪化したのは、そのせいです」

たまりかねたように、川谷さんが口を挟む。

「でも、先生が敢えて他の人を推したのにはちゃんと理由があったんですよ。ご存知でしょう?」

「はあ? 理由も何も、他の作品を推したってだけでしょ?」

もう東北訛りの片鱗もない声が部屋に響く。

それまで腕組みをして黙していた先生が、口を開いた。

「片瀬君の作品は、未熟ながら熱量が桁違いだった。この熱量が保てれば、やがて別の作品で満場一致で大賞を獲れる人だと確信していた。彼女は間違いなく大型の新人だと信じていたし、そう書いたはずだ」

「それに、片瀬さんを推していた編集って、僕の同期の女性なんですけど、次の応募作を指導していたの、ご存知でしたか? これは表には出せない情報ですが、予選はシード通過が決まっていて、今度こそ受賞が叶うよう、きめ細かなやりとりをしていたようです。片瀬さんが亡くなられたのは、その最中のことで、決して後ろ向きな気持ちが体調に影響したわけではないと思います」

「うそ——だって、落選して気落ちして、それで病気が悪化したんじゃないの?」

「違う。それは、君の姉上を愚弄する言葉だ。私も件の編集と連絡を取って、遺稿を見せてもらった。言葉の隅々にまで、生きることへのすさまじいほどの執念と、命の輝きが行き渡っていた。あれほど凄(すご)みのある原稿を、後ろ向きの人間が書けるわけがない。片瀬君は、妹をがっかりさせてしまったから今度こそ大賞を獲りたいと言って頑張っていたそうだ」

「そんな、それじゃ、むしろ私のせいでお姉ちゃんは、病をおして無理して書いて、命を縮めたってことですか？」

呆然と、玲菜さんが呟く。言下に先生が否定した。

「それは違う。そんな風に考えてはいけない。人の命が尽きるのは、誰のせいでもない。残された人間はそんな風に考えがちだが、断固として違う」

川谷さんと二人、先生を見つめてしまう。

いつも先生を緩やかにとりまいている憂いは、色で言えば青みを帯びているが、今はじんわりとした橙色(だいだいいろ)だ。

「運命という言葉は陳腐にすぎるかもしれないが、寿命というのは、まさに運命に属する種類のものだと思う。私は――私は最近思うんだが、この世界でどれくらいの時間を過ごすかは、生まれてくる前に、あらかじめ自分で決めてくるんじゃないだろうか」

先生の声には、聞く人の深い部分にまで染みこむ響きがあった。

最愛の娘さんを亡くし、奥様の支えを得てようやく立ち直ったあとに、今度はその奥様を亡くしてしまった。どれほど苦しんだか、私には未だに想像することもできないし、実感もできない。ただ、いつも庭を透かして過去を見つめ、寡黙に杯を重ねる先生の横顔は知っている。もういない人との対話を重ねる澄んだ孤独の中で先生が辿り着いた答えならば、人は本当に寿命を決めてこの世界へやってくるのかもしれないという気がした。

玲菜さんも俯いて唇を噛みしめていたが、先生の声には応じず、今度はまったく別の問いを発した。

「どうして、私が偽者だって気づいていたのに、すぐに追い出さなかったんですか」

これは私と、そしておそらく川谷さんにも共通する疑問だろう。答える先生の声は、やはり温もりに満ちていた。

「誰かを亡くしたばかりの人間は、少しばかり常軌を逸する。私には君が、同じ孤独を抱えている人間だと、理屈ではなくわかった。だから、少しここにいて、平沢君や美空君と過ごしてみるのは悪いことではないと思ったんだ」

「私や美空とですか⁉」

意外なタイミングで自分の名前が出てきて、素っ頓狂な声を挟んでしまった。

この場にいる中で、玲菜さんの抱える痛みを、もっとも理解してあげられるのは先生だろうに、それがどうして私や美空の出番になるのだろう？

もしかして——。

「掃除、ですか？」

先生が、ようやく気がついてくれたか、という顔で口の片端を上げる。

「私は、彼女達と掃除をすることで救われた。玲菜君も掃除してみないか」

「はあ」

姉の敵だと思っていたのに、ただの誤解だったと知って、玲菜さんは腑抜けのようになってただ座っていた。おそらく、今の話も聞こえていないのではないだろうか。

「あの、大丈夫ですか？　掃除、ですよ？」

「ええ」表情のない顔で、玲菜さんが頷く。

これは、しばらくそっとしておくしかないかもしれない。

「どこの掃除をするかは——平沢君に任せる」

先生にそう言われて、即座に頭に浮かんだ部屋があった。夏の終わりにちらりとは言われたが、その後、何も指示がなかったから、一時の気の迷いかと放置していたあの部屋だ。

それでも、あまりに重大すぎて、今この場で、すんなりと口に出す勇気はなかった。

「少し、考えさせてください。夕食の時にでもお返事します」

話し合いは一旦解散となり、私は台所へと向かうことにした。夕飯も食べて帰ることになった川谷さんは、そのまま居間で他の作家のゲラを読むという。

自分の頭に浮かんだ考えにまだ迷いを抱えたまま廊下を歩いていると、階段の途中に潜んでいる小さな影があった。

「美空⁉」

「えへへ、ごめん。ちょっと様子が気になっちゃってさ」

「呆れた、今の話を聞いていたの？」

「うん。結菜ちゃんって、玲菜ちゃんっていうんだね、本当は」

ちょうど私の後から玲菜さんがやってきた。大きな瞳から攻撃の色は失せ、ただ戸惑いだけが浮かんでいる。

「美空、ちょっと台所で卵を三個溶いておいてくれる？」

「うん、わかった」

美空が去っていくのを見届けたあと、玲菜さんに尋ねた。

「あの、気持ちのタイミングもあると思いますし、先生はああ言いましたけど、掃除のこと、無理しなくていいんですよ？」

玲菜さんが、微かに唇を尖らせる。

「私、散々酷いことしたのに、どうしてそんなに真剣に考えようとするんです？　放っておけばいいじゃないですか」

「私は、大切な人と死別したことはないけれど、家族という大切な形を失ったことはあるから。今、玲菜さんの抱えている喪失が、どんな痛みを伴うものか、ほんの少しならわかるつもりです。だから、そういう時は、とにかく掃除かなって」

　玲菜さんは、訝しげな表情を隠そうともしない。

「さっきもよくわからなかったんですけど、一体その掃除ってどういうことです？」

「何かの隠語とかではなく、そのまんま、掃除のことです。ただ、今回の掃除は、少し驚くことになるかもしれません」

　私の言葉に、玲菜さんはますます混乱したようだったが、急に真顔になった。

「あの、私、先生とは――」

　玲菜さんが何か言いかけた時、台所で何かががしゃーんと落下した音が響いた。

「美空!?　ごめんなさい、お話はまたあとで」

　慌てる私にやや呆れ顔を向けたあと、玲菜さんは、ふらふらと応接間へ戻っていった。

　美空が盛大にぶちまけてくれた溶き卵入りボウルの後始末を終え、台所で料理に使う具材を刻みながら、改めて自分の考えを吟味してみた。

　玲菜さんは、亡くなったお姉さんのことを忘れられず、今も悲しみの淵にいる。あの話しぶりだと、まだ一年も経っていない様子だった。一方で先生の場合、香乃ちゃんが亡くなったのはもう十五年も前のことだ。二人の掃除は、私が思うようにうまく嚙み合ってくれるだろうか。

「ママ、玲菜ちゃんがお掃除大好き人間なことは気がついてたんでしょう？」

テーブルで宿題をやっている美空が、唐突に尋ねてくる。

「うん」

「いつもお掃除してる人が、今さら普段のお掃除をして気持ちが変わるのかな？　しかも、お姉さんが亡くなったばかりなんでしょう？」

相変わらず考えの鋭い美空に、我が子ながら感心してしまう。しかし今の指摘で、私の心は固まった。

やはり、家族を失った悲しみを生半可な掃除で癒やせるなどと思ってはいけないのだ。かなりの荒療治になるだろうが、今回のお掃除は、あの部屋でなければならない。

「美空も、お片付けを手伝ってくれる？」

私のただならぬ様子に何か感じるものがあったのか、美空は「うん」と神妙な顔で頷き、どこを掃除するのかは尋ねなかった。

夕食をつくり終えて、皆で台所のテーブルについた。

今日は時間もなくなってしまったことだし、親子丼にでもしようかと思っていたのだが、思わぬアクシデントで卵が足りなくなったので、急遽、鶏塩鍋に変更した。

ざく切りのキャベツ、しらたき、しいたけ、人参に大根、そして鶏ももをたっぷりと。出汁を沸騰させた鍋に入れて、皆で一つの鍋をつつく。

アルコールを恋しがる先生を制して、私は先生と玲菜さんに思い切って告げた。

「お掃除の件ですが、今回はとにかく荒療治が必要だと思うんです。それで、前に先生がちらっとおっしゃっていた、香乃ちゃんの部屋の片付けを、皆でしてはどうかと思うのですが」

そう、私は、二人に香乃ちゃんの部屋の掃除をしてもらおうと思っているのだ。

二人とも、すぐには答えなかった。鍋の具材にぐつぐつと火が通り、旨味のぎゅっとつまった出汁から出る湯けむりが、辺りへ拡散していく。

結局、最初に口火を切ったのは川谷さんだった。かなり慌てた口調だ。

「あの平沢さん、ちょっとそれはやりすぎというか、極端すぎじゃないでしょうか」

「そうだよ、ママ。いくらお掃除するとこがもうないからって。あそこは特別な場所だってこと、ママだってよく知ってるでしょう？」

再び鍋に火の通る音だけが響く。先生は腕組みをし、玲菜さんは話の内容がよくわかっていないのか、瞳をさまよわせていた。

「香乃ちゃんというのは、十五年前に亡くなった先生の娘さんで、今でも当時のまま、お部屋が残されているんです。先生は先日、その部屋をお片付けしたいとおっしゃっていてそのままになっていたんですけど、それを玲菜さんと先生と、私達みんなでできないかと」

「それは――」

ようやく私の意図を理解したらしい玲菜さんも絶句してしまった。わかっている。いくらなんでも、乱暴な提案だ。こういうのは、静かに一人でやりたいと先生は思っていたのかもしれないし、我ながらデリカシーに欠ける提案だとも思う。

「乱暴なことを言っているのは自覚しています。それでも、私はお二人にやってみていただきたいんです。亡くなった方のお部屋を掃除することは、その人がこの場所にもういないことを受け入れて、心に整理をつけることだと思います。でも、それだけではなくて、残された人が、故人と過ごした時間の輝きを改めて振り返ることで、自分が生きている今の時間を、その得がたさを実感する儀式にもなると思うんです」

まだ誰も失ったことがない。たとえば、私が美空を失ったとして、誰かにこんなことを言われたら、わかったような口をきくと睨み付け、殴りかかったかもしれない。

しかし先生は、睨んでも殴ってもこなかった。ただ、腕組みを解いて深く息を吐いただけ。皆がじっと見守る中、やがて先生から柔らかな笑みが漏れた。

「やろう。香乃の部屋を、掃除しよう。善は急げで明日はどうだ？」

私が頷くと、玲菜さんもためらいがちに首を縦に振る。美空と川谷さんは、はらはらとした様子で先生を見ていた。言い出した張本人のくせに、おそらく私も、二人と同じ表情をしてしまっていた。

その夜、緊張が高じて眠れず、庭でも眺めようと階下へ向かった。するとすでに、縁側で一人、先生が杯を傾けている。

いつもなら、このまま近寄っていってご相伴にあずかる場面だが、今夜はなぜか邪魔をしてはいけない気がした。先生の瞳はただじっと庭の何もない場所に注がれ、そこにいる誰かと静かな会話を交わしている気がしたのだ。

そのままそっと踵(きびす)を返(かえ)し、布団へとまっすぐに戻った。横たわったまま、息を殺して、ただじっとしていた。

*

翌朝、皆で寡黙にテーブルを囲みながら朝食をいただき、昨日いったん帰った川谷さんがやってくるのを待って、香乃ちゃんの部屋に集(つど)った。

ドアノブに手をかけた先生に、最後に一度だけ尋ねることにする。

「先生、本当にいいんですね？」

「いい。もう十分に、時が経った」

ドアが微かに軋みながら開くと、少女の部屋が現れた。

時々、私も入って掃除機をかけたり布物を定期的に洗ったりしているから、基本的には綺麗な状態に保たれているし、先生もそのことを知っている。つまり、今以上にこの部屋を掃除するということは、この部屋から香乃ちゃんの荷物をなくすことを意味するのだ。

隣に立つ川谷さんが、ごくりと唾を飲み込んだ。

今では見慣れた光景である室内を、改めて見回してみる。

小学校三年生の教科書、少しくたびれてきたランドセル、椅子にかかったままのカーディガン。勉強机の引き出しを開ければ、宝物にしていたらしいシール類や香りつきの消しゴムまで取ってあるし、当時流行していた少女アニメのポスターも壁に貼られたまま色褪(いろあ)せている。まるでこの家で暮らす少女が、今朝学校へ出ていったままのような雰囲気が、今も部屋に残っているのだった。

玲菜さんは、俯いたまま入り口に立っている。

「先生は平気なんですか、ここを片付けて。あんまり薄情じゃないですか、我が子の部屋を想い出ごと片付けちゃうつもりですか」

「想い出なら、あふれるほど持っている」

先生が、こちらに向けて頷いたのに合わせて、お腹から声を出した。

「それじゃ、みなさん、はじめましょう」

あらかじめ用意していた軍手を皆に配る。その他持ち込んだのは、段ボールにゴミ袋、書籍類を縛る紐などだ。

「まずは、遺品を一箇所に集めて、この家に取って置くもの、誰かに形見分けするもの、処分するもの、もし売れたら売却するものに分けたいと思います。先生と玲菜さんは勉強机の中のものを、川谷さんと美空と私は、クローゼットの中のものを、この辺に持ってくることにしましょう」

真ん中の空いたスペースを指し示すと、皆、やや固い表情のまま動き出す。ただし、先生は予想よりもずっとリラックスして見えた。

躊躇(ちゅうちょ)する様子もなく、引き出しを机から出し切って、箱の状態で運んでくる。中に宝物のように集められている他愛もない小さなグッズ類を愛(いと)しげな顔で見下ろしながら、静かに指定した位置まで運んでくれた。

教科書類も、コミックも、雑誌も、オルゴールも、まずはすべて一箇所に集める。

一方、川谷さんと美空は、クローゼットの中から洋服類やタオルケットなどの予備の寝具を運んできた。

「それじゃ、分類していきましょうか」

ただしその仕分け作業は、先生にしかできないことだ。一つ一つを四つの段ボール箱に分けてもらう間、川谷さんがあらかじめ手配してくれていた業者がやってきて、あれよあれよという間に、棚やベッドなどの大物家具を運び出していった。

　思えば一年と少し前、初めてこの家で働きだした頃、ここは見事なゴミ屋敷だった。先生は娘さんを亡くしたあと、支え合って生きてきた最愛の奥様まで亡くしてしまい、失意の中、原稿用紙やら生活ゴミやらのつまったゴミ袋をためにため、それらの隙間で暮らしていたのだ。私の最初の仕事は、ゴミとそうでないものをどうにか分類することで、結果、さらに出た大量のゴミ袋達を撤去する時も、川谷さんが今のように業者を手配してくれたことを懐かしく思い出す。

　ベッドや棚が運ばれてしまうと部屋の中は急に閑散として、時の魔法が解け、一気に風化が進んだように見えた。

残る大物は勉強机だけという段になって、部屋中を感情の読みづらい目で眺め回すと、先生が美空に尋ねる。

「美空君、よかったら、この机をもらってやってくれないか」

「え、でも――いいの？　先生、見るたびに思い出しちゃうんじゃない？」

「いいんだ、思い出せることは私にとってもう辛（つら）いことじゃない」

何気ない会話だったが、思い出しちゃう、と、思い出せる、は百八十度、出発点の異なる言葉だ。その言葉に至るまでの十五年間という日々の積み重ねを改めて思うと、先生の横顔がこれまで意識していなかった重みを伴って迫ってくる。

先生を、美しい人だと初めて思った。

「そんなわけで、美空君に譲っていいだろうか？」

「あ、はい。ありがとうございます」

唐突に問われて、なぜか狼狽えてしまった。素っ気ない返事のあと我に返って、掃除の指示を先生以外の皆に出す。

「玲菜さんが掃除機掛けをしたあとから、川谷さんは雑巾掛け、美空は巾木の埃をこのハンディモップで綺麗にして。クローゼットの中も忘れないでください。私は窓の掃除をするので、何かあれば声を掛けてくださいね」

黙々と、皆がそれぞれの役割を果たしていく。

私は私で、新聞紙を丸めてつくったボールをさっと水で濡らし、まずは窓の内側を拭き始めた。内側の汚れは、主に手垢や埃だ。これらを新聞紙のインクが分解し、インクの種類によっては曇り止めやつや出し効果まで期待できるという。家事教室の生徒には、お風呂の鏡掃除の際にも勧めている。

外側の汚れは、風雨によってついた砂や埃、排ガス由来のゴミなどしつこいものが多いが、これらも基本的には内側と同じように新聞紙で綺麗にしていく。山丘邸の窓ガラスという窓ガラスは、割とこまめに掃除しているから、そう手をかけずに拭き掃除を終えることができた。

窓枠のゴムは、使用済みの歯ブラシとクレンザーで徹底的に磨く。サッシはこの間、執拗（しつよう）に掃除したばかりだからまだ十分に綺麗だが、念のため水拭きとから拭きをしてメンテナンスした。

「あとは網戸だけね」

呟いた時、掃除機掛けを終えて美空の巾木掃除を手伝っていた玲菜さんが、ぽつりと呟いた。

「やっぱりこんなの、ダメですよ。今すぐあの業者さんからベッドとか棚とか取り返して、元に戻しましょうよ。こんな風に忘れられるなんて、娘さんがあんまり可哀相です。私だったら——私だったら絶対に姉の部屋を片付けたりしません」

「十五年前の私がこの行為を見たら、同じことを言うだろうな。今はとても信じられないだろうが、君もいつか、お姉さんの部屋を片付けてもいいと思える日がくる」

「そんなの、信じられません。私は、姉さんをこんな風に片付けたりなんて絶対しない」

「その気持ちはわかるつもりだ。しかし、残された人間の時は嫌でも進んでいく。本当の意味で娘を忘れないというのは、あの子の想い出にしがみつくことではなく、あの子に恥じない生き方をすることだと思うようになった」

　話す間も先生は、香乃ちゃんの遺品を仕分ける手を止めなかった。

「へえ、このにおい消しは十五年経ってもまだ香りが残っているのか」

　ピンクの消しゴムを、「誰かに形見分けするもの」の箱に放り込むと、先生は美空に告げた。

「洋服で気に入ったものも、もらってやってくれると嬉しい。娘も、妹にやるような気持ちで喜んでくれると思う。しかし――この部屋にいた香乃は、美空君より年下になってしまったんだな」

　美空がうかがうように私を見上げた。

「そうさせていただきなさい」

　頷くと、数着、ガーリーな洋服を選んで、誰にともなく「ありがとう」と呟いている。

多分、香乃ちゃんに対しての言葉なのだろう。

　川谷さんが、少し迷った様子をみせたあと、玲菜さんにハンカチを渡した。

　玲菜さんは、静かに、静かに泣いていた。ぽたりぽたりと床に落ちる涙は、切ないほど生きている証だ。

　嘆きも、悲しみも、生きていればこそ訪れ、やがて去っていく。今回の掃除が、その手助けになればいい。

香乃ちゃんに恥じないように生きると先生は言った。それはつまり、常に香乃ちゃんの目とともに生きることだ。先生の胸の中では、香乃ちゃんも、柚子さんも、死から逃れて永遠に存在しつづけるのだ。

玲菜さんの静かにすすり泣く声を背景に、網戸を専用のワイパーで綺麗にした。昔のように庭にホースを引いて水をかけたりせずとも、今は優秀なワイパーが手に入る。ぴかぴかになった網戸をはめ直す頃には、先生も遺品の仕分けを終えており、部屋は、がらりと新しい顔に生まれ変わっていた。

過去よりも、今これからを感じさせる部屋。どんな部屋にでもなれる自由に、部屋自身が喜んでいるような気配がする。

気がつくと玲菜さんの泣き声も止んでいて、大きな瞳は、眩しそうにからっぽの部屋を眺めていた。

その夜、美空と布団に並んで本を読んでいると、部屋がためらいがちにノックされた。

「あの、玲菜です。私、明日出て行くことにしました。それで、今少し二人と話せますか？」

ドアを開けるとパジャマ姿の玲菜さんが立っている。

「もちろんです。さ、入って」

「いえ、ここで」

　立ったままでいようとする玲菜さんを無理に招き入れると、二つ並んでいる布団の脇に、枕元に立つ幽霊みたいにちょこんと座った。

「いや、そこじゃなくて、せめてこちらに座ってください」

　今日、運び込まれた勉強机とセットになっていた椅子を勧めると、玲菜さんは大人しくそちらへ移動した。

「夜遅くにすみません。もうわかっていると思いますけど、私、小説なんて書いてなくて、本業は弁護士事務所の秘書です」

「へえ、そうだったんですか」

　驚いてはみせたが、あのきっちりと片付いていた荷物と照らし合わせると、納得の職業だった。

「仕事柄、訴訟関連の書類なんかを見る機会が多いんですけど、相手に不利な証拠としてよく上がっているのが、録音テープの声なんです。なので、美空ちゃんがもし学校の先生を告発したいなら、言い逃れをされないように、録音しておくべきだと思います。これ、どうぞ」

　差し出されたのは、ペン型のレコーダーだった。

「本当はこの家で使おうと思って持ち込んだんですけど、山丘先生は紳士的な発言しかしないので役に立ちませんでした。これなら美空ちゃん、堂々と学校に持っていけるよね？」

「――ここで役に立たなくてよかったです」

苦笑すると、玲菜さんは「すみません」と恐縮してみせる。その表情はどこかさっぱりとして見え、まだ少し濡れている瞳は澄んでいた。

「わかった。これでちょっと、先生を引っかけてみる」

逞しい美空の声に、玲菜さんはさっぱりと笑って親指を立ててみせた。

ただ、少し引っかかることがある。

「あの、一つ聞きたいんですけど」

玲菜さんが、何です？　というように小首を傾げた。

「美空が担任の先生と揉めているって、なぜ知ってたんですか？」

「すみません！　どうにか先生を陥れられないかと色々と探ってまして、先生と涼子さんの会話を盗み聞きしちゃいました」

「な、なるほど」今さら責める気もないが、他に変な話を聞かれなかったか気になった。

美空に対してレコーダーの使い方を詳しく説明したあと、玲菜さんが二人で話したいと私を誘った。

一階へ下りて、台所でハーブティーを淹れ、二人してテーブルで向かい合う。ついこの間まで神経を逆なでされっぱなしだった相手と穏やかな気持ちで向き合うのは、不思議な感覚だった。

「それで、お話というのは？」

「もう誤解はしてないと思うんですが、私と先生が抱き合っていた時のこと、きちんと説明しておかなくちゃと思って。あの時、こちらへ来る涼子さんの足音が聞こえたから、タイミングを合わせてわざとよろけて、先生によりかかって。だから先生は咄嗟に受け止めただけなんです」

　そんなことだったのかな、とは思っていた。が、どうしてそれを私にわざわざ告げるのだろう。

「それから、涼子さんと美空ちゃんのせいで原稿が遅れてるっていうのも、嘘です」

　さすがに自分の行いを恥じたのか、今や玲菜さんの頬は真っ赤に染まっていた。

「大丈夫ですよ。先生がどんな生活をしていようと、原稿が遅れていようと、私はこの家をきちんと保つのが仕事ですから」

「ほんとに、大丈夫でしたか？」

　じっと見つめてくる玲菜さんは、弁護士の秘書ではなく、検事か何かのような鋭い目つきになっている。

「ええ、もちろんです。でも丁寧にお話ししてくださってありがとうございました」

軽く動悸が始まってしまったのをどうにか誤魔化して頭を下げると、玲菜さんがほうっとため息をつく。

「それなら、そういうことにしておきます」

「はい、そうしてください」

少し強めに返すと、その話は、それでお終いになった。

なぜ動悸がしたのか、なぜ一瞬、動揺してしまったのか。今はその先を見ないほうがいいと、大人であり、母親である自分の本能がアラートを鳴らしていた。だから、いったん会話が途切れたあとは、本物の結菜さんの想い出話を聞いたり、お互いの整理整頓の方法論についての意見を戦わせたりして時を過ごした。それが思いのほか楽しくて盛り上がってしまい、いつの間にか一時間も経ってしまっていて驚く。

「涼子さんの掃除、すごかったです。私の気持ちも、整えられた気がします」

寂しげに笑う玲菜さんに、気がつくと手を差し出していた。

「いえ、そんな。大切なお姉様を亡くされたんですし、焦らずゆっくり進んでください。よかったら、先生抜きでも、またお話ししましょう」

ぎゅっと握り返してくれた玲菜さんの手はほっそりとして、神経質そうに関節がごつごつと尖っており、家政婦を目指したらきっと一流になるだろうと思わせた。

＊

玲菜さんが去ってから、気がつけば半月が経った。

美空は、再び絡んできた久我先生の声をきっちりとペン型レコーダーに録音し、私はそのレコーダーを持って、校長室へと乗り込んだ。

その結果、次回、久我先生が出てきて、私達親子と直接話し合いの機会を設けてくれることになった。なったのだが、録音データを聞く限り、久我先生は一筋縄ではいかない相手に思えて気が重くなったのも事実だ。

何もかもこれから。場合によっては、私達親子だけではなく、親同士で連携を取ったほうがいいかもしれない、という先生の提言を受けて、同じクラスのママ友数人に、子供が被害に遭っていないか、それとなく探りを入れている段階だ。

一つ、やっかいな問題もにわかに持ち上がっている。

学校側から想定外の質問を受けたのだ。

先日の授業参観で、作家の山丘周三郎が親代わりに参観したのはなぜか、と。

思いもかけないタイミングでの問いに、「じ、実は私の雇い主で、あの日は、ええと、たまたま私が熱を出してしまって」としどろもどろになってしまった。こちらの様子をうかがう校長先生の瞳に、あの男性とはどういうご関係ですか、という文字がくっきりと浮かんでいたのは気のせいではないと思う。

母が懸念していた世間の目の存在は、母の考えすぎなどではなかったのかもしれない。

それでもまあ、問題が解決のテーブルに載ったのだから、一歩前進としなければ。

ある風の冷たい日、台所で休憩がてら今後の美空のことについて考えていると、執筆中のはずだった先生が突然顔を覗かせた。

「今、少しいいか？」

「ええ、もちろんです。お茶、お淹れしますか？」

「ああ、頼む。それと、できればこれを美空君と検討してみてほしい」

ばさりとテーブルの上に置かれたのは、私立小学校のパンフレットだ。

「これって――」

「まだ今の学校での話し合いは始まったばかりだが、こういうのは、親だけでも早めに検討をしておくべきじゃないかと思って」

「ええ、それはそうですが、さすがにまだ気が早くないですか？」

先生は何を暢気(のんき)な、という顔でさらにつづけた。

「人を変えるよりも、環境を変えるほうが簡単だと平沢君も前に話した際に賛同したろう？ もしも学費が心配なら、私が無利息、無期限で貸してもいい。いや、君も出版をするような家政婦なのだから、俺が給料を上げればいいのか。そうだ、そうしよう」

「そ、そんなのダメです。というか、おかしいですから！ 先生は美空の学費の心配なんてしないでください。美空は香乃ちゃんじゃないんですよ!?」

言い過ぎた、と口を噤んだが、もう遅かった。

先生が、目に見えてうろたえ、俯く。

余計な一言を放ったと後悔したが、それでもお金のことはきっちりしておきたかった。

「もしも、美空がどこか別の学校に通学したがった場合は、父や母に援助をお願いしてみることもできますし、この家を出て、評判のいい公立に通える学区に引っ越すことも考えられます」

ここ最近、ずっと考えていたことだった。

やはり先生は、私達親子にあまりにも時間を取られすぎている。今さらかもしれないが、おそらく私達は、かなり先生に迷惑をかけているのだ。

何より、世間の目がある。私達親子はまだしも、著名な文化人でもある先生の立場に泥がかかることだってあり得るかもしれない。

頑なに援助を拒んだ私に対し、先生は「そうか、そうだな」と頷き、学校のパンフレットを置いたまま仕事へと戻っていった。

その夜、誰もいない秋の庭を眺めながら、手酌で日本酒を飲んだ。

いつものように先生のご相伴に預かったのではなく、自分へのご褒美に買った『モダン仙禽』という銘柄で、白ワインに近い酸味があり、さっぱりとした飲み口でいくらでもいけてしまう。あては炙りダコのわさび和えで、月のない暗い庭を眺めながらいただいていると、いかにして昼間、自分が先生の厚意を踏みにじったのかという後悔だけがせり上がってきた。

「先生、さすがに傷ついたよね」

ぐらぐらする。気持ちが落ち着かず、遊園地のフリーフォールのように、天国と地獄の間を高速で上下しているみたいだ。

こういう状態をずっと昔に味わったことがある気がするが、それを何と呼ぶのかは忘れてしまった。忘れたほうがいい。

暗がりからこちらへ、ふらふらと歩いてくる人物がいる。足音で誰だかわかる。こんなに寒いのにまた素足で、風邪を引かないかと心配になる。

「いつ飲ませてくれるのかと思っていたのに、まさか一人で飲み干すつもりだったとはな」

隣にあぐらをかき、先生が黙って杯をお盆に置いた。杯はすでに濡れており、今まで先生も部屋の中で飲んでいたのだと知れる。

「美空君は学校のパンフレットを見たのか？」

「はい。とりあえず見学に行ってみたいと言ってました。ただ、取り急ぎは、久我先生との話し合いに集中したいそうです」

「そうか」

先生の表情に微かな落胆を感じて、慌てて付け足した。

「でも、ありがとうございます。美空、とても嬉しそうでした」

「ああ。何なら、俺が先に見学してきてもいいしな」

だからそんなの、おかしいですから。

言いかけて、ぐっと飲み込む。お酒の席にまで火種を持ち込みたくなかった。

「やはり、子供が外の世界へ出ていく手助けをするのは、大人の役割だと思う」

「そうですね。美空、パンフレットを眺めながら顔が目に見えて明るくなってました」

そして、母親である私はこんなことにも気がついている。

美空にとって学校以外の大きな世界は、今や先生と過ごす時間なのだ。

「お猪口、洗ってきましょうか？　味が混ざります」

「いい、これにもらう。もう味もわからなくなってきた」

大分酔っているのだと、ようやく悟った。先生はかなりお酒に強い。その先生が味もわからなくなるということは、一体、どれくらい飲んだのだろう。

ひそかにお水を混ぜて出すと、ぐいっと飲み干して「うまい」と呟いている。そのまま据わった目をこちらに向け、ずいっと近づいてきた。

鼻先がすぐそこにある。息遣いさえ間近に聞こえて、リリリリと響いていた鈴虫の音色が遠ざかっていく。

「いなくなるのは困るんだ」

どくん、と心臓が跳ねて、フリーフォールは上と下、どちらへ向かっているのだろう。

「娘じゃないことはわかっている。それでも、この家に高い声が響かなくなるのはもう耐えられない。母と娘が対になっている光景が消えるのは、身に堪える」

私は、私達は、柚子さんと香乃ちゃんじゃありませんよ。

庭の木々が、ほの暗い闇夜に浮き上がって葉を揺らす。冷たい風が吹き抜けるたび、頰から熱を奪っていくのに、まだ熱い。

「俺は酔っているのか？」

「そう、みたいですね」

「平沢君はここから出て行きたいのか？」

行きたくない。私はここから、出ていきたくない。

なぜ泣きたくなっているのか、よくわからない。その意味も、探らないほうがいい。

「なぜ、何も言わない？　何を考えている？」

「——明日の掃除のことを」

無理に微笑みをつくって先生のほうを見ると、私の答えが聞こえたのかどうか、大きな体がゆっくりとくずおれていく。

慌てて両手で受け止め、横座りする私の腿のすぐ脇に頭を横たえた。呼吸に合わせて、微かに震える長い睫毛。高い鼻のつづきに、幼子のように唇が微かに開いている。

そっと指先で唇に触れかけ、慌てて離す。

リリリリと、鈴虫が見咎めたように鳴いた。

あとがき

皆様こんにちは、成田名璃子(なりたなりこ)です。

前作より少し間が空いてしまいましたが、お元気でしたか？

メディアワークス文庫であとがきを書くと、自分の家のリビングでくつろいでいるような、リラックスした気持ちになります。

さて、前巻『今日は心のおそうじ日和』を刊行した頃は、まだ夫の転勤先である高崎(たかさき)にいたのですが、この続巻は引っ越した先である湘南(しょうなん)からお届けしています。

引っ越しはちょうど一年ほど前で、当時三歳だった息子は、大人が思っているよりもずっと情緒が発達しており、「どうして引っ越しちゃったの？　先生とお友達ともっといっぱい遊びたかった！　僕とA君は、はやぶさとこまちなんだよ！　連結してるんだよ！（まさかの比喩表現！）」と毎日のように嘆いておりました。それでも、時の効果は偉大です。突然の環境の変化に気持ちが荒れ、一時期は大怪獣と化していた息子も、今ではすっかり新天地に馴染(なじ)み、今日は転園先で秋祭りがあるので張り切って登園していきました。

私個人も全然アクティブな性格ではなかったのに、海のある環境が開放的にしてくれたのか、SUPというマリンスポーツに挑戦したり、ウクレレを弾き始めたりして、人と関わったり、自然の中に出て深呼吸をしたり、少し前までは考えられなかった生活をしています。

このように、個人レベルでもこの一年は大きな変化の時だったのですが、世界レベルでも大きな変化がありましたね。そうです、コロナです。皆さんはご無事でお過ごしでしょうか。罹患された方、そのご家族の皆さん、また、コロナの流行により不利益を被ったすべての方に、心よりお見舞いを申し上げます。

春先あたりはまだ、早く元の生活に戻りたいというムードがあり、実際、そういう言葉もあちこちで見かけたり、聞いたりしました。

こんなことを言うのは不遜かもしれない、という迷いとともに敢えて書くのですが。私にとって、このコロナ禍というものは、息子との二度とないかもしれない密な時間を過ごしたこと、夫がリモートワークになったこと、私の仕事時間を調整せざるを得なくなったことなどが絡み合って、元の生活が果たしてそんなに良かったのか、私は元に戻りたいのか、などこれまでをじっくりと見つめ直す貴重な時間になりました。

手垢がつくほど言われている言葉の中に、ピンチはチャンスでもある、という格言があると思うのですが、私にとってもまた、このコロナ禍というのはピンチではあったものの大きなチャンスとなり、去年の今頃からは想像もできなかった今へと、波に乗るように辿り着けたのだなあと深い感慨とともに振り返っています。

願わくば、皆様にとってもこの試練の時が、チャンスの種がたくさん蒔かれた幸運期でもありますように。

さて、『今日は心のおそうじ日和2　心を見せない小説家と自分がわからない私』は、前巻から一年が経過した物語です。

前作から比較的穏やかに時を積み重ねてきた先生、涼子、美空の世界に、小説家志望の若い女性が嵐のように登場します。この人が実に謎めいていて、家の中を引っかき回し、涼子の心を攪拌し、彼女が見たくなかった心の奥の本心まで引き出してしまうようです。さらに涼子には、お見合いの話も持ち込まれたものだからさあ大変。果たして弟子の登場は、ただの嵐で終わるのか。嵐が通り過ぎたあと、涼子の心に浮かび上がってきた想いとは？　美空は美空で、学校でトラブルを抱えているようで――。

涼子にとっても皆にとっても、ピンチはチャンスに変わるのか。一方で、先生にとっては静かに時の魔法が効いてきた模様で、書いている私も少し興奮してしまいました。一作目を読んでくださった方は皆のその後を、今作からの方は、涼子のもつ家事の力で物事が動き出す様を、どうか見守っていただけたら幸いです。

末筆とはなりますが、今回も、最後まで導いてくださった担当編集のTさん、協力を惜しまずにいてくれた家族、そして本書に関わってくださったすべての皆様に感謝の気持ちをお伝えさせてください。読者の皆さんにも、最大限の感謝の気持ちが本書とともに届きますように。今しばらくどうぞお気をつけてお過ごしくださいね。また会う日まで、どうぞご無事で！

二月吉日　成田名璃子

<初出>

本書は書き下ろしです。

メディアワークス文庫

今日は心のおそうじ日和2

心を見せない小説家と自分がわからない私

成田名璃子

2021年2月25日　初版発行
2024年10月25日　5版発行

発行者　山下直久
発行　株式会社KADOKAWA
〒102-8177　東京都千代田区富士見2-13-3
0570-002-301（ナビダイヤル）
装丁者　渡辺宏一（有限会社ニイナナニイゴオ）
印刷　株式会社KADOKAWA
製本　株式会社KADOKAWA

●お問い合わせ
https://www.kadokawa.co.jp/（「お問い合わせ」へお進みください）
※内容によっては、お答えできない場合があります。
※サポートは日本国内のみとさせていただきます。
※Japanese text only

※定価はカバーに表示してあります。

Printed in Japan
ISBN978-4-04-913633-3 C0193

メディアワークス文庫　https://mwbunko.com/

本書に対するご意見、ご感想をお寄せください。

あて先
〒102-8177　東京都千代田区富士見2-13-3
メディアワークス文庫編集部
「成田名璃子先生」係

今日は心のおそうじ日和
素直じゃない小説家と自信がない私
成田名璃子

読むと前を向く元気が湧いてくる。
自分がもっと好きになる魔法の家事の物語。

突然終わった結婚生活。バツイチか――と嘆く余裕もない私。職務経験もろくにないが、家事だけは好きだった。

そんな私に住み込み家政婦の仕事が舞い込む。相手は高名な小説家。そして整った顔立ちとは裏腹に、ものすごく気難しい人だった。行き場のない私と、ふれ合いを拒む小説家。最初はぎこちなかった関係も、家事が魔法のように変えていく。彼と心を通わせて行くうちに、いつしか――。

なにげない毎日が奇跡になる物語――本を閉じた後、爽やかな風を感じてください。